畢璞全集・小說・十三

橋頭的陌生人

【推薦序一】
老樹春深更著花

封德屏

一九八六年四月，畢璞應《文訊》雜誌「筆墨生涯」專欄邀稿，發表〈三種境界〉一文，她在文末寫道：

這種職業很適合我這類沉默、內向、不善逢迎、不擅交際的書呆子型人物，我很高興我當年選擇了它。我既沒有後悔自己走上寫作這條路，又說過它是一種永遠不必退休的行業；那麼，看樣子，我是注定了此生還是要與筆墨為伍了。

畢璞自知甚深，更有定力付之行動，近三十年來她持續創作，陸續出版了數本散文、小說、自選集；三年前，為了迎接將臨的「九十大壽」，她整理近年發表的文章，出版了散文集

《老來可喜》。年過九十後，創作速度放緩，但不曾停筆。二〇〇九年元月《文訊》創辦的「銀光副刊」，至今刊登畢璞十二篇文章，上個月（二〇一四年十一月），她在「銀光副刊」發表了短篇小說〈生日快樂〉，此外，也仍偶有文章發表於《中華日報》副刊。畢璞用堅毅無悔的態度和纍纍的創作成果，結下她一生和筆墨的不解之緣。

一九四三年畢璞就發表了第一篇作品，五〇年代持續創作，創作出版的高峰集中在六〇、七〇年代。一九六八年到一九七九年是她作品的豐收期，這段時間有時一年出版三、四本，甚至五本。早些年，她是編寫雙棲的女作家，曾主編《大華晚報》家庭版、《公論報》副刊、《徵信新聞報》家庭版，並擔任《婦友月刊》總編輯，八〇年代退休後，算是全心歸回到自適自在的寫作生涯。

真摯與坦誠是畢璞作品的一貫風格。散文以抒情為主，用樸實無華的筆調去謳歌自然，讚頌生命；小說題材則著重家庭倫理、婚姻愛情。中年以後作品也側重理性思考與社會現象觀察。畢璞曾自言寫作不喜譁眾取寵、不造新僻字眼，強調要「有感而發」，絕不勉強造作。

畢璞生性恬淡，除了抗戰時逃難的日子，以及一九四九年渡海來台的一段艱苦歲月外，自認大半生風平浪靜。「淡泊名利，寧靜無為」是她的人生觀，讓她看待一切都怡然自得。雖然前後在報紙雜誌社等媒體工作多年，一九五五年也參加了「中國婦女寫作協會」，可能如她自己所言「個性沉默、內向，不擅交際」，多年來很少現身文壇活動。像她這樣一心執著於創作的人和其作品，在重視個人包裝、形象塑造，充斥各種行銷手法的出版紅海中，很容易會被湮沒遺忘。

然而，這位創作廣跨小說、散文、傳記、翻譯、兒童文學各領域，筆耕不輟達七十餘年的資深作家，冷月孤星，懸長空夜幕，環視今之文壇，可說是鳳毛麟角，珍稀罕見。在人們華服高軒、闊論清議之際，九三高齡的她，老樹春深更著花，一如往昔，正俯首案頭，筆尖不斷流淌出款款深情，如涓涓流水，在源遠流長的廣域，點點滴滴灌溉著每一寸土地。

感謝秀威資訊科技股份有限公司，在文學出版業益顯艱辛的此刻，奮力完成「畢璞全集」二十七冊的巨大工程。不但讓老讀者有「喜見故人」的驚奇感動，也讓年輕一代的讀者，有機會可以在快樂賞讀中，認識畢璞及其作品全貌。我們也希望透過文學經典這樣的再現與傳承，向這位永遠堅持創作的作家，表達我們由衷的尊崇與感謝之意。

民國一〇三年十二月

（封德屏：現任文訊雜誌社社長兼總編輯、臺灣文學發展基金會執行長、紀州庵文學森林館長。）

【推薦序二】

老來可喜話畢璞

吳宏一

一

上星期二（十月七日），我有事到《文訊》辦公室去。事畢，封德屏社長邀我去參觀她們蒐集珍藏的期刊。看到很多民國五、六十年前後風行文壇的文藝刊物，目前多已停刊，不勝嗟嘆。《暢流》、《自由青年》、《文星》等我投過搞、發表過創作的刊物不說，連一些當時發行不廣的小刊物，她們也多有蒐集。其用心之專、致力之勤，實在不能不令人讚嘆。於是我向她提起我高中以迄大學時期文學起步的一些往事，中間提到若干文藝刊物和若干文壇前輩對我的鼓勵和影響。其中特別提到我大學一年級，民國五十年的秋天，剛進入台大中文系讀書時所認識的一些前輩先進。像當時住在濟南路的紀弦，住在廈門街的余光中，住在南昌街菸酒公賣局宿舍的羅悟緣，住在安東市場旁的羅門、蓉子……我都曾經一一去走訪，謝謝他們採用或推薦過我的作品。過程歷歷在日，至今仍記憶猶新。比較特別的是，去新生南路夜訪覃子豪時，還遇見過魏子雲；去峨嵋街救國團舊址見程抱南、鄧禹平時，還順道去《公論報》探訪副刊主編畢璞……。

一提到畢璞，德屏立即接了話，說「畢璞全集」目前正編印中，問我願不願意為她「全集」寫個序言。我答：寫序不敢，但對我文學起步時曾經鼓勵或提攜過我的前輩，我非常樂意寫紀念性的文字。不過，我也同時表示，我與畢璞五十多年來，畢竟才見過兩三次面，她的作品我讀得並不多，要寫也得再讀讀她的生平著作，而且也要她還記得我，對往事有些共同的記憶才好。所以我建議，請德屏代問畢璞兩件事：一是她記不記得在我大一下學期（民國五十一年春），她和另一位女作家到台大校園參觀之事；二是她在主編《婦友》月刊期間，記不記得曾經約我寫過詩歌專欄。

德屏說好。第二日早上十點左右，畢璞來了電話，客氣寒暄之後，告訴我：她記得她和鍾麗珠早年曾到台大校園和我見過面，但對於《婦友》約我寫專欄之事，則毫無印象。她知道我沒有讀過她的作品集，說要寄兩三本來，又知道我怕她年老行動不便，改口說，要不然，幾天內如果我能抽空，就煩請德屏陪我去內湖看她，由她當面交給我，同時可以敘敘舊、聊聊天。

我當然贊成。我已退休，時間容易調配，只不知德屏事務繁忙，能不能抽出空暇。想不到與德屏聯絡後，當天下午，就由《文訊》編輯吳穎萍小姐聯絡好，約定十月十日下午三點一起去見畢璞。

二

十月十日國慶節，下午三點不到，我就如約搭文湖線捷運到葫洲站一號出口等。不久，德屏與穎萍來了。德屏領先，走幾分鐘路，到康寧老人安養中心去見畢璞。途中德屏說，畢璞雖然年逾九旬，行動有些不便，但能以歡樂的心情迎接老年，不與兒孫合住公寓，怕給家人帶來不便，所以獨居於此，雇請菲傭照顧，生活非常安適。我聽了，心裡也開始安適起來，覺得她是一個慈藹安詳而有智慧的長者。

見面之後，我更覺安適了。記得我第一次見到畢璞，是民國五十年的秋冬之際，在西門町附近康定路的一棟木造宿舍裡，居室比較狹窄；畢璞當時雖然親切招待，但總顯得態度拘謹。相隔五十三年，畢璞現在看起來，腰背有點彎駝，耳目有些不濟，但行動尚稱自如，面容聲音卻似乎數十年如一日，沒有什麼明顯的變化。如果要說有變化，那就是變得更樸實自然，沒有絲毫的窘迫拘謹之感。

由於德屏的善於營造氣氛、穿針引線，由於穎萍的沉默嫻靜，只做一個忠實的旁聽者，那天下午，我和畢璞有說有笑，談了不少往事，讓我恍如回到五十三年前的青春年代。那時候，我才十八歲，剛考上台大中文系，剛到陌生而充滿新鮮感的臺北，常投稿報刊雜誌，常拜訪前輩作家。有一天，我到西門町峨嵋街救國團去領新詩比賽得獎的獎金，順道去附近的《聯合報》和《公論報》社。我到《公論報》社問起副刊主編畢璞，說明我常有作品發表，就有人給了我她家的住址。距離報社不遠，在成都路、西門國小附近。那時候我年輕不懂事，大家也少用電話，所以就直接登門造訪了。見面時談話不多，記憶中，畢璞說過她先生也在《公論報》上班，她如何編副刊，還有她兒子正讀師大附中，希望將來也能考上台大等。辭別時，畢璞說了一句，聽說台大校園春天杜鵑花開得很盛很好看。我謹記這句話，所以第二年的春天，投稿信中附帶留言，歡迎她跟朋友來台大校園玩。就因為這樣，畢璞和鍾麗珠在民國五十一年的春季，相偕來參觀台大校園。

確切的日期記不得了。畢璞說連哪一年她都不能確定。我翻開我隨身帶來送她的光啟版散文集《微波集》，指著一篇〈鄉愁〉後面標明的出處，民國五十一年四月二十七日發表於《公論副刊》。經此指認，畢璞稱讚我的記性和細心，而且她竟然也記起了當天逛傅園後，我請她們到福利社吃牛奶雪糕的往事。

很多人都說我記憶力強，但其實也常有模糊或疏忽之處。例如那一天下午談話當中，我提起雨中路過杭州南路巧遇《自由青年》主編呂天行，以及多年後我在西門町日新歌廳前再遇見他，聽他告訴我「驚天大祕密」的時候，確實的街道名稱，我就說得不清不楚，更糟糕的是，畢璞再次提起她主編《婦友》月刊的期間，真不記得邀我寫過專欄。一時間，我真無辭以對。當事人都這麼說了，我該怎麼解釋才好呢？好在我們在談話間，曾提及王璞、呼嘯等人，似乎又給了我重拾記憶的契機。

我私下告訴德屏，《婦友》確實有我寫過的詩歌專欄，雖然事忙只寫了幾期，但這些文章後來都曾收入我的《先秦文學導讀‧詩辭歌賦》和《從詩歌史的觀點選讀古詩》等書中，白紙黑字，騙不了人的。會不會畢璞記錯，或如她所言不在她主編的期間別人約的稿呢？

那天晚上回家後，我開始查檢我舊書堆中的期刊，找不到《婦友》，卻找到了王璞主編的《新文藝》和呼嘯主編的《青年日報》副刊剪報。他們都曾約我寫過詩詞欣賞專欄，印象中有一個與《婦友》大約同時。尋檢結果，查出連載的時間，《新文藝》是民國七十一年，《青年日報》則是民國七十七年。到了十月十二日，再比對資料，我已經可以推定《婦友》刊登我詩歌專欄的時間，應該是在民國七十七年七、八月間。

十月十三日星期一中午，我打電話到《文訊》找德屏，她出差不在。我轉請秀卿代查，傍晚她回覆，已在《婦友》民國七十七年七月至十一月號，找到我所寫的〈古歌謠選講〉，當時的總編輯就是畢璞。事情至此告一段落。記憶中，是一次作家酒會邂逅時畢璞約我寫的。寫了幾期，因為事忙，又遇畢璞調離編務，所以專欄就停掉了。這本來就是小事一樁，無關宏旨，豁達的畢璞不會在乎這個的，只不過可以證明我也「老來可喜」，記憶尚可而已。

三

「老來可喜」，是畢璞當天送給我看的兩本書，其中一本散文集的書名，語出宋代詞人朱敦儒的〈念奴嬌〉詞。另外一本是短篇小說集，書名《有情世界》。根據書後所附的作品目錄，原來畢璞的作品集，已出三、四十本。她挑選這兩本送我看，應該有其用意吧。看《老來可喜》這本散文集，可知她的生平大概；看《有情世界》這本短篇小說集，則可知她的小說特色所在。初讀的印象，她的作品，無論是散文或小說，從來都不以技巧取勝，就像她的筆名一樣，是未經琢磨的玉石，內蘊光輝，表面卻樸實無華，然而在樸實無華之中，卻又表現出一個共同的主題。一言以蔽之，那就是「有情世界」。其中有親情、愛情、人情味以及生活中的情趣。因此，讀來特別溫馨感人，難怪我那罕讀文藝創作的妻子，也自稱是她的忠實讀者。

讀畢璞《老來可喜》這本散文集，可以從中窺見她早年生涯的若干側影，以及她自民國三十八年渡海來台以後的生活經歷。其中寫親情與友情，敘事中寓真情，雋永有味，誠摯而動人。寫懷才不遇的父親，寫遭逢離亂的家人，寫志趣相投的文友，娓娓道來，真是扣人心弦。

其中〈西門懷舊〉一篇，寫她康定路舊居的一些生活點滴，更讓我玩味再三。即使寫她身邊瑣事的小小感觸，寫愛書成癡，愛樂成癡，寫愛花愛樹，看山看天，也都能使我們讀者體會到「生命中偶得的美」，享受到「小小改變，大大歡樂」。「生命中偶得的美」和「小小改變，大大歡樂」，正是她文集中的篇名。我們還可以發現，身經離亂的畢璞，涉及對日抗戰、國共內戰的部分，著墨不多，多的是「此身雖在堪驚」，「老來可喜，是歷遍人間，諳知物外」。這也正是畢璞同一時代大多婦女作家的共同特色。

讀《有情世界》這本小說集，則可發現：畢璞散文中寫得比較少的愛情題材，都寫進小說裡了。畢璞說過，小說是她的最愛，因為可以滿足她的想像力。讀完這十六篇短篇小說，我們確實可以發現，她的小說採用寫實的手法，勾勒一些時代背景之外，重在探討人性，敘寫一些有情有義的故事。特別是愛情與親情之間的矛盾、衝突與和諧。小說中的人物和故事，有真有假，「真」的往往是根據她親身的經歷，「假」的是虛構，是運用想像，無中生有塑造出來的。她把它們揉合在一起，而且讓自己脫離現實世界，置身其中，成為小說中人。

因此，我讀畢璞的短篇小說，覺得有的近乎散文。尤其她寫的書中人物，大都是我們城鎮小市民日常身邊所見的男女老少，故事題材也大都是我們城鎮小市民幾十年來所共同面對的移民、出國、旅遊、探親等話題。或許可以這樣說，較之同時渡海來台的作家，畢璞寫的小說，罕有激情奇遇，缺少波瀾壯闊的場景，也沒有異乎尋常的角色，既沒有朱西甯、司馬中原筆下的鄉野氣息，也沒有白先勇筆下的沒落貴族，一切平平淡淡的，可是就在平淡之中，卻能給人親近溫馨之感。表面上看，她似乎不講求寫作技巧，但仔細觀察，她其實是寓絢爛於平淡。像〈生命共同體〉一篇，寫范士丹夫婦這對青梅竹馬的患難夫妻，到了老年還為要不要移民美國而引起衝突，高潮迭起，正不知作者要如何收場，這時卻見作者藉描寫范士丹的一些心理活動，利用廚房下麵一個小情節，就使小說有個圓滿的結局，而留有餘味。〈春夢無痕〉一篇，寫梅湘退休後，到香港旅遊，在半島酒店前香港文化中心，竟然遇見四十多年前四川求學時代的舊情人冠倫。四十多年來，由於人事變遷，兩岸隔絕，二人各自男婚女嫁，都已另組家庭，正不知作者要如何安排後來的情節發展，這時卻見作者利用梅湘的一段心理描寫，也就使小說有個出人意外而又合乎自然的結尾，不會予人突兀之感。這些例子，說明了作者並非不講表現藝術，只是她運用寫作技巧時，合乎自然，不見鑿痕而已。所以她的平淡自然，不只是平淡自然，而是別有繫人心處。

四

畢璞同時的新文藝作家，有三種人給我的印象特別深刻。一是軍中作家，以寫新詩和小說為主，強調創新和現代感；二是婦女作家，以寫散文為主，多藉身邊瑣事寫人間溫情；三是鄉土作家，以寫小說和遊記為主，反映鄉土意識與家國情懷。這是二十世紀五、六十年代前後臺灣新文藝發展史上的一大特色。這三類作家的風格，或宏壯，或優美，雖然成就不同，但套用王國維的話說，都自成高格，自有名句，境界雖有大小，卻不以是分優劣。因此有人嘲笑婦女作家多只能寫身邊瑣事和生活點滴，那是學文學的人不該有的外行話。

畢璞當然是所謂婦女作家，她寫的散文、小說，攏總說來，也果然多寫身邊瑣事，或者說，多藉身邊瑣事寫溫暖人間和有情世界。但她的眼中充滿愛，她的心中沒有恨，所以她的筆端流露出來的，每一篇作品都像春暉薰風，令人陶然欲醉；情感是真摯的，思想是健康的，真的適合所有不同階層的讀者。

一般而言，人老了，容易趨於保守，失之孤僻，可是畢璞到了老年，卻更開朗隨和，更為豁達，就像玉石，愈磨愈亮，愈有光輝。她特別欣賞宋代詞人朱敦儒的「老來可喜」那首〈念奴嬌〉詞。她很少全引，現在補錄如下：

老來可喜，是歷遍人間，諳知物外。
看透虛空，將恨海愁山，一時挼碎。
免被花迷，不為酒困，到處惺惺地。
飽來覓睡，睡起逢場作戲。

休說古往今來，乃翁心裡，沒許多般事。
也不蘄仙不佞佛，不學栖栖孔子。
懶共賢爭，從教他笑，如此只如此。
雜劇打了，戲衫脫與獃底。

朱敦儒由北宋入南宋，身經變亂，歷盡滄桑，到了晚年，勘破世態人情，不但主張不學栖栖皇皇的孔子，說什麼經世濟物，而且也認為道家說的成仙不死，佛家說的輪迴無生，都是虛妄的空談，不可採信。所以他自稱「乃翁」，說你老子懶與人爭，管它什麼古今是非，說人生在世，就像扮演一齣戲一樣，各演各的角色，逢場作戲可矣，何必惺惺作態，說什麼愁呀恨呀。一旦自己的戲份演完了，戲衫也就可以脫給別的傻瓜繼續去演了。這首詞表現的人生觀，雖然豁達，卻有些消極。這與畢璞的樂觀進取，對「有情世界」處處充滿關懷，是不相契的。我想畢璞喜愛它，應該只愛前面的幾句，所以她總不曾引用全文，有斷章取義的意思吧。

畢璞《老來可喜》的自序中，說西方人把老年分成三個階段：從六十五歲到七十五歲是「初老」，從七十六歲到八十五歲是「老」，八十六歲以上是「老老」；又說「初老」的十年是人生最美好的黃金時期，不必每天按時上班，兒女都已長大離家，內外都沒有負擔，沒有工作壓力，智慧已經成熟，人生已有閱歷，身體健康也還可以，不妨與老伴去遊山玩水，或抽空去學習一些新知，以趕上時代。想做什麼就做什麼，豈非神仙一般。畢璞說得真好，我與內子現在正處於「初老」的神仙階段，也同樣覺得人間有情，處處充滿溫暖，這幾天讀畢璞的書，益發覺得「老來可喜」，可喜者三：老來讀畢璞《老來可喜》，一也；不久之後，可與老伴共讀「畢璞全集」，二也；從今立志寫自己不像傳記的傳記，彷彿回到自己的青春時期，三也。

民國一〇三年十月十五日初稿

（吳宏一：學者，作家，曾任臺灣大學中文系教授、香港中文大學中文系、香港城市大學中文、翻譯及語言學系講座教授，著有詩、散文、學術論著數十種。）

【自序】長溝流月去無聲——七十年筆墨生涯回顧

畢璞

「文書來生」這句話語意含糊，我始終不太明瞭它的真義。不過這卻是七十多年前一個相命師送給我的一句話。那次是母親找了一位相命師到家裡為全家人算命。我從小就反對迷信，痛恨怪力亂神，怎會相信相士的胡言呢？當時也許我年輕不懂，但他說我「文書來生」卻是貼切極了。果然，不久之後，我就開始走上爬格子之路，與書本筆墨結了不解緣，迄今七十年，此志不渝，也還不想放棄。

從童年開始我就是個小書迷。我的愛書，首先要感謝父親，他經常買書給我，從童話、兒童讀物到舊詩詞、新文藝等，讓我很早就從文字中認識這個花花世界。父親除了買書給我，還教我讀詩詞、對對聯、猜字謎等，可說是我在文學方面的啟蒙人。小學五年級時年輕的國文老師選了很多五四時代作家的作品給我們閱讀，欣賞多了，我對文學的愛好之心頓生，我的作文成績日進，得以經常「貼堂」（按：「貼堂」為粵語，即是把學生優良的作文、圖畫、勞作等掛在教室的牆壁上供同學們觀摩，以示鼓勵）。六年級時的國文老師是一位老學究，選了很多古文做教材，使我有機會汲取到不少古人的智慧與辭藻；這兩年的薰陶，我在不知不覺中變成了文學的死忠信徒。

上了初中，可以自己去逛書店了，當然大多數時間是看白書，有時也利用僅有的一點點零用錢去買書，以滿足自己的書癮。我看新文藝的散文、小說、翻譯小說、章回小說……簡直是博覽群書，卻生吞活剝，一知半解。初一下學期，學校舉行全校各年級作文比賽，小書迷的我得到了初一組的冠軍，獎品是一本書。同學們也送給我一個新綽號「大文豪」。上面提到高小時作文「貼堂」以及初一作文比賽第一名的事，無非是證明「小時了了，大未必佳」，更彰顯自己的不才。

高三時我曾經醞釀要寫一篇長篇小說，是關於浪子回頭的故事，可惜只開了個頭，後來便因戰亂而中斷，這是我除了繳交作文作業外，首次自己創作。

第一次正式對外投稿是民國三十二年在桂林。我把我們一家從澳門輾轉逃到粵西都城的艱辛歷程寫成一文，投寄《旅行雜誌》前身的《旅行便覽》，獲得刊出，信心大增，從此奠定了我一輩子的筆耕生涯。

來台以後，一則是為了興趣，一則也是為稻粱謀，我開始了我的爬格子歲月。早期以寫小說為主。那時年輕，喜歡幻想，想像力也豐富，覺得把一些虛構的人物（其實其中也有自己和身邊的人的影子）編出一則則不同的故事是一件很有趣的事。在這股原動力的推動下，從民國四十年左右寫到八十六年，除了不曾寫過長篇外（唉！宿願未償），我出版了兩本中篇小說、十四本短篇小說、兩本兒童故事。另外，我也寫散文、雜文、傳記，還翻譯過幾本英文小說。到民國一〇一年，我總共出版過四十種單行本，其中散文只有十二本，這當然是因為散文字數少，不容易結集成書之故。至於為什麼從民國八十六年之後我就沒有再寫小說，那是自覺年齡大了，想像力漸漸缺乏，對世間一切也逐漸看淡，心如止水，失去了編故事的浪漫情懷，就洗手不幹了。至於散文，是以我筆寫我心，心有所感，形之於筆墨，抒情遣性，樂事一樁也，為什麼放棄？因而不揣譾陋，堅持至今。慚愧的是，自始至終未能寫出一篇令自己滿意的作品。

為了全集的出版，我曾經花了不少時間把這批從民國四十五年到一百年間所出版的單行本四十種約略瀏覽了一遍，超過半世紀的時光，社會的變化何其的大：先看書本的外貌，從粗陋的印刷、拙劣的封面設計、錯誤百出的排字；到近年精美的包裝、新穎的編排，簡直是天淵之別。由此也可以看得出臺灣出版業的長足進步。再看書的內容：來台早期的懷鄉、對陌生土地的神奇感、言語不通的尷尬等；中期的孩子成長問題、留學潮、出國探親；到近期的移民、空巢期、第三代出生、親友相繼凋零……在在可以看得到歷史的脈絡，也等於半部臺灣現代史了。

坐在書桌前，看看案頭成堆成疊或新或舊的自己的作品，為之百感交集，真的是「長溝流月去無聲」，怎麼倏忽之間，七十年的「文書來生」歲月就像一把把細沙從我的指間偷偷溜走了呢？

本全集能夠順利出版，我首先要感謝秀威資訊科技股份有限公司宋政坤先生的玉成。特別感謝前台大中文系教授吳宏一先生、《文訊》雜誌社長兼總編輯封德屏女士慨允作序。更期待著讀者們不吝批評指教。

民國一〇三年十二月

目次

【推薦序一】老樹春深更著花／封德屏 3
【推薦序二】老來可喜話畢璞／吳宏一 6
【自序】長溝流月去無聲
——七十年筆墨生涯回顧／畢璞 17
天鵝大使書呆子 23
婚姻顧問 42
愛的自覺 54
船上的一夜 65
兒子的女友 72

貓眼　87
她的祕密　107
游魚之夜　111
赤腳的孩子　118
妻子歸寧時　130
母與女　138
彩色小星星　154
生活　177
橋頭的陌生人　194

天鵝天使書呆子

雪白的天鵝靜靜地浮游在波平如鏡的湖面，有垂柳輕搖，有流水淙淙……，啊！是誰拉動那把有魔術的弓，滑過大提琴的弦線？多靜！多美！多溫柔！多像情人在身邊低語！對了，情人的低語，這低語正像他的聲音：柔而不軟，斯斯文文的，它像有磁性般的緊緊吸著你，聽他在說話，如沐春風，如飲仙醪，往往不自覺就陶醉了。

她把頭靠在沙發背上，閉著雙目，在柔美的大提琴的旋律中，她看見了一個幻象：一個溫文爾雅的男人在向她微笑，她不能很清楚地看到他的五官，但她直覺出他有著一副天使般的面貌。

「幼蘊，這支『屈』子叫什麼？蠻好聽的嘛！」坐在她對面的人在跟她說話。

她沒有聽見，她閉著眼睛向有著天使面容的人微笑。

「幼蘊，你在想什麼這樣好笑？連跟你說話都聽不到。」

「…………」

「幼蘊！」對面的人大聲地叫她。

「什麼事這樣大呼小叫的?」她嚇了一跳，悠然從幻夢中驚醒過來，鼓著腮滿肚子不高興。

「人家叫了你幾次都不理人，不知在想什麼?我問你，這支『屈』子叫什麼?」對面那個人委委屈屈地說著。

「聖桑的『天鵝』，連這樣普通的一首小品都不懂，真可憐!我已經告訴過你很多次，是『曲』子，不是『屈』子，你怎麼老改不過來的?」

「我又不要去當播音員，國語說得那麼標準幹嗎?」

「哼!不求上進的傢伙!你喜歡當滿口鄉音的土包子，那就隨你便吧!」幼蘊說著，不屑地瞪了對面那個人一眼，又再閉起雙目，想繼續尋求她的幻象;可惜，音樂已換了一首通俗的華爾滋舞曲，失去靈感，幻象無法重現。

對面的那個人被罵得有點驚惶失措，他皺著眉頭，一雙眼睛從近視眼鏡後面直直的望著她，訥訥地說:「幼蘊，我今天沒有得罪你吧?你為什麼忽然這樣對待我?」

她睜開雙眼。噢!這個面貌憨直的書呆子就是我所選中的男友嗎?他的蹩腳國語，他那沒有表情的聲音，音樂知識的貧乏……天啊!我難道瞎了眼睛?

「沒什麼!我們在這裡坐半天了，我想回去!」她從皮包中拿出小鏡子，用手絹擦著嘴唇。

「這麼早就回去?你不是說要來聽唱片的嗎?」

「人家現在不想聽了嘛!」她已站起身來。

他連忙喝光面前那杯咖啡，看見她杯中還剩一大半，就說：「你不喝了嗎？」

她搖搖頭。

他說：「那麼我喝。」說著，拿起她的杯子，一口氣喝光了。

「死相！小氣鬼！不怕人家笑你？」

「有什麼好笑？反正得付錢，為什麼不喝？」

他付了帳，默默檢查了皮夾子一下，又說：「我們去看電影好不好？」

「不要，今天沒有一部片子是好看的。」

他們走出了咖啡館的門口。他又說：「那麼，我們到植物園去走走，然後去『ㄘ』飯怎麼樣？」

「吃──飯，『ㄔ』，不是『ㄘ』！先生！」她大聲地說。

「吃─吃─吃，」他吃力地捲著舌頭，脹紅著臉說：「小姐，這樣對了吧？」

「對是對，可是，我今天不想跟你一塊『ㄘ』飯，對不起！我要回家去了，再見！」飄動著那條湖水色的裙子，她踏著高跟鞋咯咯地走了。她走路的姿勢很美，上身幾乎不動。他呆呆地望著她的背影：綠裙子是一面湖，穿著無袖白綢襯衫，露出渾圓的雙肩與玉臂的上身，正像是隻天鵝；但是，書呆子已忘記了她告訴他那支『屈』子的名字。

「今天我到底是什麼地方開罪了她呢？要不然，她為什麼一直跟我鬧彆扭？」他呆立路旁，抓耳搔腮，百思不得其解。暮春下午的暖陽刺得他目眩，他伸長脖子，望著她所走的方向，在花團錦簇的人潮中，那隻美麗的天鵝已不知去處。

＊　＊

這個星期日的黃昏過得真寂寞！爸爸媽媽和弟弟妹妹都看電影去了，就剩下她獨自守著屋子。早知道不要這麼早回來，她有點後悔和李超分手得太早；不過，她一想到他那副說話結結巴巴的傻樣子，心裡就有氣，決定以後不要再和他一塊兒玩。

雙手捧著腮坐在書桌前，眼望著窗外漸濃的暮色，她覺得時間過得真慢。為什麼廣播劇這個節目不在七點鐘播出呢？如果七點鐘播出，那麼，我不是可以早一個小時聽到他的聲音了嗎？想著，她不禁啞然失笑，早一個小時聽到有什麼好處？那還不是等於早一個鐘頭失去他？唉！等待多令人焦急！我這樣等待是不是跟人家等待愛人一樣？我從來沒有等待過李超，每次都是他等待我，所以，我不知道等待的滋味是什麼樣子？呸！誰是他的愛人？無端端的想到他幹嗎？

她所期待的時刻終於來到。事先吩咐弟妹們不要跟她說話，她在收音機前選了一張最舒適的椅子坐著，面對收音機的喇叭聚精會神的聆聽。在她看起來收音機的喇叭口無異是一個銀幕或一個舞台。

他迷人的聲音出現了，她的面上也露出了欣慰的顏色。她閉著眼，面前又幻出了一個有著天使般笑容的男人。然而，今夜的天使不久便消失了他的笑容，因為他在這齣廣播劇中扮演的是一個傷心的角色。他有一個奇悍的妻子，在家庭中得不到快樂和溫暖；他的辦公廳中有一個少女因為同情他而對他發生了愛情，他為了道義上的責任不敢接受她的愛，最後少女只好黯然離去。這故事很動人，她聽得簡直著了迷，甚至把自己幻想成了那個少女。少女在說話，她的嘴唇就喃喃而動；少女哭泣，她的眼淚也掉了下來……。

朦朧中，她聽見他聲音顫抖地說：「晶英，你年紀輕，你有你的前途，你還是忘記我吧！我祝福你很快就會找到一個比我強千百倍的人。」

「不，不，你不要這樣說！我的前途就是你的前途，你也還沒有老，不要輕易地放棄了你的幸福啊！」少女哽咽著說。

「晶英，我感謝你對我的愛護，但是，請你原諒我，我不願意被人在背後罵我是薄倖的丈夫和不負責任的父親。」

「那麼，難道你不愛我？」

「我——我不知道該怎麼說。晶英，我一向把你看成我的小妹妹，我希望你得到幸福，這就是我的意思。」

「你將來不會後悔？」

「作為一個中年人，我有足夠的理智。晶英，請你原諒我。」

「假如你堅決這樣，那麼，我想，這是我們分手的時候了。紹政，再見！」

收音機中的少女哭了，我們的女主角也哭了。她大叫一聲：「不！」然後以手掩面，一面哭一面跑進臥室，倒在床上，抽噎不止。

在客廳上，她的弟弟妹妹們大笑，說姊姊是傻瓜。

媽媽對爸爸說：「這丫頭瘋了，聽廣播劇聽得這樣傷心！」

「這才叫『替古人擔憂』呀！」爸爸也笑了。

＊　＊

「石磊先生：

請原諒我冒昧的寫信打攪您；但是，作為一位著名的廣播明星，一定會有許多不相識的崇拜者的，您該不會拒絕一個崇拜者的來信吧！

我是個在大學裡讀一年級的女孩子，我醉心文學，喜愛音樂，對廣播劇和廣播小說尤其喜愛得入了迷。您在廣播劇和廣播小說中的播出太傳神了，您的聲音又是那樣美妙，充滿了男性的魅力，深深的吸引了我。我和許多同學們私地裡選出您是當今的廣播皇帝，您會笑我們嗎？

昨晚，我聽廣播劇聽得哭了。您為什麼播得那樣好？在您的真實生活中，該不會那樣可憐吧？不，不會的！在我的想像中，您有一副天使般的笑容，您的生活應該很快樂才對。

最後，我要求您送我一張簽名照片（要大一點的）讓我這凡人好看到天使的真面目。謝謝！敬祝

愉快

您的聽眾

幼蘊上」

她用一張潔白的信箋用心地把信稿謄上，一連抄了三次，直至認為滿意才封進潔白的信封裡，貼上一枚圖案最美觀的紀念郵票，親自投進了郵筒中。

天！日子好難挨呀！上課她無心聽課，回到家裡坐立不安、茶飯無味，一天察看信箱百十次，每次郵差一來，她就搶先去開門。

大妹說：「怪了！姊姊最近怎麼變得對郵差那樣有興趣？就好像在等待情書似的。她和李超不是天天在學校碰面的嗎？為什麼要寫信？難道姊姊有了新愛人不成？」

真的，她天天跟李超在學校見面，可真煩死了！她雖然每次見到他就故意拉長著臉別轉頭

去，但他還是苦苦不捨的死纏；今天約她看電影，明天約她聽音樂……等到碰釘子碰得多了，於是，他的臉也開始拉長起來，長得使得她不忍卒睹，遠遠望見，立刻低頭疾走，避之惟恐不及。

那一天，她放學回家，大妹在門口就迎著她說：「姊姊，要請客啦！」

「什麼事嘛？」她莫名其妙地問。

「一封情書！你看！」大妹手中拿著一個尺寸相當大印著機關名字的信封。

「什麼情書？別瞎扯！快拿來。」她伸手去搶。

「不行，我知道這是你日夜守候著的情書，不請客，別想我拿出來。」大妹把信藏在身後。

「討厭！不給就算了。」她負氣地走進了房間。

大妹跟了進去，扳著她的肩膀說：「姊姊，大方一點嘛！十塊錢小意思，還不夠我看一場電影哩！要是我一宣佈，弟弟妹妹個個都起鬨，那你非五十塊錢打發不了我們，你考慮考慮吧！」說著，她拿起信封在姊姊面前晃著。

「好啦！好啦！討厭死了！」她從小皮包中抽出十元給了大妹，因為她看到了信封上印著廣播公司的字樣。

把妹妹趕了出去，她連忙扣上房間的門，用顫抖的手撕開信封。啊！不要那麼緊張，先看看信封上是怎麼寫的。「張幼蘊小姐收啟」，這手鋼筆字好帥！一定是字如其人。

她把信紙從信封中抽出，一張二吋的照片從裡面滑了出來。她幾乎是停止呼吸的拿起照片，當她的目光一接觸到照片裡的人像時，她有點失望了。這就是大名鼎鼎的石磊？就是那個有著美妙聲音的男人？就是那個有著天使般笑容的人？二吋的光面照片，就像是做證件用的那種，他為什麼不給我大張一點的呢？名字倒是簽上了，字體很帥，比信封上的更好看。可是，他的樣子——眼睛太小，眉毛不挺，嘴角也沒有迷人的笑容，固然他並不醜；不過，這跟她的幻想距離有多遠呀！

她輕輕嘆了一口氣，把照片放在一旁，開始讀信：

「幼蘊小姐：

謝謝您的來信，您給我所有的讚美使我感到十分慚愧，今後，我惟有更加努力從事我的工作，以冀不負聽眾朋友般的期望。

您的猜想也許錯了，我是一個平凡的人，我沒有天使的笑容；不過，我的生活的確很快樂，我有一個甜蜜的家庭，有可愛的四個孩子。

遵囑寄上照片一張，我醜陋的容貌，您看了一定會失望，敬祝

進步

石磊上」

像一隻膨脹的汽球慢慢洩了氣，也像一團熊熊的火焰變成了灰燼；數日來的苦苦等待，只換來平淡的幾行，而且，他已是四個孩子的父親了。天呀！她又嘆息著：上蒼既賦予了他金石般可愛的嗓音，為什麼又吝嗇著不肯賦予他俊美的容貌呢？她凝聚著照片中那張平凡的臉，耳畔又響起了他美妙的聲音，竟情不自禁地滴下兩顆清淚。

他的聲音仍舊那麼迷人，不過，在聽他播音時已沒有了以前那股狂熱勁。他的照片被藏在抽屜的最下面；有著天使般笑容的幻象已經消失，有時她故意閉目凝想，想把他找回來，但已不可能。

李超好久已不找她，偶然相遇，只是遠遠投來哀怨的眼光，使她感到深深的內疚。寂寞、苦悶與無聊包圍著她，她日形消瘦。

週末的晚上，爸爸帶了弟弟妹妹們出去，她陪媽媽坐在客廳中，百無聊賴地翻著照相簿。那些照片都是看過千百遍的了，但她對它們還有著興趣，在那些發黃的照片中，她可以看到爸爸媽媽年輕時代甚至童年，還有好些她從未見過的爸爸媽媽的親戚朋友，這些人，她是連名字都不知道的。

一頁一頁的翻著，一張一張的細看著，突然，有一張臉攫住了她的注意力。一個很好看的年輕男子，穿得西裝筆挺的笑瞇瞇地望住她。這個笑容多稔熟！她愣了一下。哦！這不就是我夢中的天使嗎?我以前看過這張照片,心裡有了印象,不自覺的就把石磊的樣子幻想成這樣了。他是誰?為什麼沒有聽爸爸媽媽講起過呢?

「媽媽,這個人是誰?」她挨到媽媽身邊,指著照片問。

媽媽的臉上突然閃過一陣紅暈。「這是從前一個著名的話劇演員,我本來不要貼在簿子裡,是你爸爸跟我開玩笑,硬要貼上去的。」媽媽說著,就要把照片拿掉。

「噢!不,不要拿掉嘛!他好英俊啊!」她連忙用手按住照片。

「你也覺得他英俊?當年他的確風靡了許多女學生的哩!」媽媽的眼裡蒙上夢幻似的神色。

「媽媽,告訴我,您是怎樣跟他認識的?」她撒嬌地挽住媽媽的胳臂。

「啊!我不認識他,這照片是我寫信跟他要的。」媽媽的兩頰更紅了。

「噢!媽媽,您寫信向他要?那麼您一定也很崇拜他了?」

「可不是嗎?我不是說他曾經風靡了許多女學生嗎?」媽媽注視著照片,彷彿在回憶那個人當年在舞台上的風姿。

「他給您回信了沒有?」她早已聯想到自己寫信給石磊的事。

「沒有,人家忙得很哪!那有空回信給這些小女孩?」

「媽媽,那您是不是很失望?」

「唔——,失望,真的,我曾經很失望,甚至感到痛苦。」媽媽轉過臉來望著她喃喃地說下去：「幼蘊，你不是小孩子了，我當時也正是你的年紀，我不妨告訴你，也可算是給你上了人生的一課。那時，我很愛看他的戲，幾乎每一齣都看，對他的聲音笑貌，一舉手一投足，都熟悉得像自己的影子一樣。慢慢的，我發覺自己竟愛上了這個名小生。那時，我還沒有男朋友，我就把他幻想成為我的愛人。這種單相思是很折磨人的，我日夜的思念著他，他的影子盤據了我整個的腦海，以至身體日漸消瘦，甚至學業也荒廢了。後來，我實在煎熬不住了，我鼓起勇氣寫一封信給他，要求他跟我見面，但是，結果他只寄給我這張照片，沒有附上半句話——。」

「媽媽，您真可憐！」她把媽媽的胳臂摟得更緊，同時，眼眶也開始溼潤起來。

「是呀！當時我氣得想撕毀了這張照片，不過，我現在卻覺得很可笑了，一般少女，她們的心目中都會暗暗地戀慕著一個異性，他們大多是電影明星、名演員、球隊健將之類的『名男人』，他也可能是她的老師、男同學、同學的哥哥，甚至是爸爸的朋友，她們以為這便是愛，其實這只是少女情竇初開，開始被異性吸引的一種必然現象罷了！幼蘊，你有沒有這種情形？告訴媽媽好嗎？」媽媽笑著問她。

「沒有嘛！」她的兩頰緋紅，把頭俯得低低的，不敢看媽媽。

「沒有就好，害什麼羞呢？」媽媽把她的下巴托起來。「對了，好久都沒看到李超來找你了，你們現在到底怎麼了啦？」

「我們沒有怎麼，是因為功課忙嘛！媽媽，您還沒有把您的故事講完哩！您說當時氣得想把照片撕掉，後來呢？」

「後來，又捨不得撕了，沒有人的時候，我就捧著照片偷偷的流淚。後來，遇見了你的爸爸，自自然然的，就把他忘記了。」

「你把這件事告訴爸爸了？」

「是的，我們不願意彼此隱瞞著任何一件小事。我跟你爸爸要好了以後，本想就把照片撕掉的，可是，你爸爸不答應，他說他也很喜歡這個演員，留著做紀念不好嗎？於是，它就被保留一直到現在。」

「媽媽，它真是值得保存的，假如沒有它，我還上不到這人生的一課啊！」

照片中的男人向她露出了一個大使般的微笑；如今，這個幻象中的天使是只給她慰安而不會使她痛苦的了。

＊　＊

她！穿著雪白的襯衫和淡綠色的裙子，踏著優美的步伐在綠色的校園中走過，像隻美麗的天鵝浮游在綠波中。他，李超常常躲在圖書館和實驗室的窗口後面，兩隻眼睛透過近視眼鏡，呆呆地望著她苗條的身影。

「她為什麼突然不理我？是不是有了新的朋友？只要她說一聲『是』，我就心甘情願的退出；可是，她什麼也沒有說呀！」每一天，李超起碼要這樣自問百十次。當幼蘊在為她的天使而顛倒時，書呆子也為失戀於天鵝而苦惱著。

「幼蘊：

也許你會因為接到我這封信而大發脾氣，不過，我最後懇求你一次，請你耐著性子讀完它好嗎？

我要再問你一句，我到底什麼事開罪了你，使得你忽然間視我如路人？或者是，你已另有意中人，我不再值得你一顧？

假如你願意回答我，請你在這個星期日下午四時到我們常去的咖啡室一趟好嗎？我會在那裡恭候。當然你不願來也無所謂，那就是表示『一切已成過去，不屑和你一談』了。

祝

快樂

李超」

書呆子按捺不住了，他鼓起最大的勇氣寫了這封信，悄悄地放在學校大門口的信架中。

星期日的下午，他懷著姑且一試與忐忑不安的心情獨自坐在咖啡室中他和幼蘊以前常坐的座位上。四時正，他走到那座自動唱機前，丟下一枚硬幣，點播聖桑的「天鵝」。在優美的大提琴旋律中，他又彷彿看到那隻美麗而高傲的天鵝在綠波中昂首游過。他想起了他和她過去的一切，六年小學，六年中學，一年大學，他們曾經有過十三年的交往，雖然小時常常打打鬧鬧的，但那無妨於彼此感情的發展；然而，她現在為什麼突然討厭起我來呢？她嫌我的國語不夠標準，嫌我不懂音樂，為什麼？為什麼？

他眼前模糊了，眼鏡片被淚水濡溼了，他取下眼鏡，用手帕擦著；忽然間，他看見白色的天鵝在向他游過來。

「你來了很久了吧？」天鵝坐在他對面，向他開口了。

他用力地揉了揉眼睛，定了定神，吃吃地說：「哦！原來是你！幼蘊。」

「原來是我？難道你不是約我來的嗎？」她的眼睛睜得大大的，眉毛也豎了起來。

「當然是約你，只是，我想不到你會來罷了！」他傷感地低下了頭。

「為什麼？」

「我以為你不再理我了。」他把眼睛眨了眨，把一滴眼淚擠了出來。

「李超，我對不起你！」她把眼睛望向地下，不敢看他。

「幼薀，不要這樣講，我也有不對的地方。啊！你要喝些什麼？」

「你喝什麼我就喝什麼。」

「我剛才喝的是黑咖啡，苦澀的汁液；不過，我現在不想喝了，我想要一杯又香又甜的可可。」

「那麼，我還是要香草冰淇淋吧！」

「你老是喜歡吃冰淇淋，當心將來變成了一隻大肥鵝啊！」他開心地笑了起來。

「什麼？你說我是鵝？你安的是什麼壞心眼兒？」她舉起手來要打他，他伸過手來，她的手一打下去，他就乘勢握住了她白嫩的小手。

「你是隻美麗的天鵝！」他喃喃地說著。

「又說瘋話了！」她臉紅紅地用力把手抽出，因為她看見侍者正捧著托盤向他們走來。

「真的，自從你上次告訴我那首大提琴曲名叫『天鵝』之後，我就感覺到它是在形容你——優雅、高貴，使人可望而不可及，你高高在上，我只能匐伏在地上向你膜拜而已。」

「你今天說的話倒很有詩意呀！」她的臉因喜悅而煥發著光彩。

「你以為一個學工的人就不能有詩意嗎？」

「是嘛！以前的你就是個十十足足的書呆子，在你的腦子裡就只有什麼交流、直流、安培、伏特、歐姆等等我攪都攪不清的怪名詞，那懂什麼天鵝？詩？音樂？」

「為了你，我願意學習一切，你想我做什麼，我不懂的就去學習。」他深情的注視著她。

「不，我不要你這樣，每個人有他自己的個性與興趣，我們不能勉強任何人去改變的。」

「咦！你倒好像改變了不少嘛！忽然間，你長大了，也懂事了。」

「是的，我相信我長大了，我的思想也成熟了不少。」

「幼蘊，在這段時期裡發生了什麼事情了？告訴我好嗎？」他懷疑地看著她。

「沒什麼，」她避開了他的目光：「只是我的心情有一陣子非常惡劣，那就是我為什麼不理你的原因。後來，經過了媽媽的一番開導，才好了過來。」

「真的嗎？」

「誰騙你？」

「幼蘊，你害得我好苦！你沒覺得我瘦了嗎？」

「唔！是瘦了一點，也更像書呆子了。」

「假如你今天不來，這書呆子恐怕就不再存在這塵世上了，我想我會去跳淡水河。」

「好險！我本來真想不來的！」她吐了吐舌頭。

「為什麼？」他的臉色忽地發白。

「因為我覺得不好意思。」

「後來為什麼又來了呢？」

「是媽媽叫我來的。」

「你把我們的事都告訴了媽媽？」

「沒有，我才不會哩！是這樣的，媽媽最近老惦念著你，問我為什麼李超這麼久不來了？我只得騙她說你功課忙。昨天，收到你的信後，回到家裡，媽媽就說：『幼蘊，你去約李超那孩子明天到我們家裡來吧！我包餃子給他吃。』就這樣，我才把不來的意思取消了。媽媽現正在家裡忙著包餃子，回頭我們就有得吃了。」

「不，幼蘊，我不想上你家去，我想請你到外面去吃飯。」

「媽媽已準備好了，還是『ㄘ』餃子算了。」她又開他的玩笑。

「幼蘊，我沒有說『ㄘ』是『ㄔ』。」他板著臉說。

「啊！對不起！李超，我剛才沒有留意，你的國語的確是比以前標準得多了，這是怎麼一回事？」

「我跟一位北平籍的同學苦練的；還有，對古典音樂方面我也下過了一番苦功，現在你隨便考我，我相信我也回答得出來。」

「李超，你真好！也真了不起！一切都錯在我身上，你肯原諒我嗎？」

「噢！幼蘊，請不要這樣說，只要你不討厭我，我就心滿意足了。」

「好了，我們別說廢話了，還是上我家去吧！媽媽在等著哩！」

「你不願意接受我的邀請？」

「不是不願意，媽媽特地為我們準備的，我們不回去吃，她會不高興。來日方長，你怕沒機會請客？」

「來日方長？」他在心中喃喃地自語著：「對了，來日方長！」一個寬心的微笑掛上他的嘴唇邊。

婚姻顧問

陳海在女畫家那間優雅的客廳裡坐了不到一小時，就覺渾身不自在。他一會兒伸出兩條長腿，看看自己褲管下的紅襪子，一會兒拉拉領帶，一會兒摸摸頭髮，騷動得就像一隻在玻璃窗上瞎撞的蒼蠅。

趁著女主人到後面去拿東西。他的女友琿琿輕輕碰碰他的手肘：「陳海，你安靜一點行不行，老是動來動去幹嗎？」

「我跟你老師又沒有話講，彆扭死了，我們走吧！」陳海湊在琿琿的耳邊說。

琿琿把頭挪開一點，白了他一眼。「那怎麼行？老師已準備好了我們的飯，而我們也答應了要在她這裡吃飯的。」

「唉！真要命！早知要悶坐一旁聽你們這些娘兒們細聲細氣地談畫、談藝術，我就不來了。」陳海嘆著氣說。

「你敢？我要你來，你敢不來？」琿琿又是狠狠地瞪了他一個大白眼。

陳海聳聳肩，攤攤手，嘴裡嘖嘖有聲，露出了一副無可奈何的表情。

「陳海、琿琿，菜已經好了，你們來吃飯吧！」女畫家杜雪菲從裡面出來，招呼著他們兩個。

女畫家穿著一件黑旗袍，脂粉不施。在琿琿的眼中，她的老師真是豐神俊逸，人如其畫。但是，在陳海看來，這個完全沒有打扮的老女人，簡直是「其土無比」。他懶洋洋地站起來，跟在琿琿身後，走進飯廳。

飯廳裡，女僕已經把飯菜擺好。精緻的瓷盤子，盛著精細的菜餚。魚、蝦仁、冬菇、豆苗、嫩蠶豆、素雞……，這是女士們愛吃的清淡食物，陳海卻完全不欣賞。做主人的杜雪菲竟想不到這一點。

「陳海，請不要客氣。」主人微笑著招呼她的客人。「你不喝酒的吧？我自己不喝，也就沒有準備酒。」

「我不喝酒。」陳海表面回答，在家裡喝慣洋酒的他，卻巴不得面前出現一杯威士忌或者馬丁尼。不過，即使有酒，這些清淡的小菜還是引不起他的食慾的，他愛吃的是雞、鴨、牛、豬這一類的肉，而且一定要紅燒或者煎、炒、燒、烤。

杜雪菲和李琿琿師徒二人慢慢地吃著，輕輕地談著。她們談石濤、談鄭板橋、談張大千、談畢卡索。陳海一點也不感到興趣，一點也不懂。

漸漸的，師徒兩人談得興起，竟都忘記了他的存在，沒有人招呼他，使他感到好生沒趣。他只吃了一碗飯，就失去了胃口。他沒有向主人說「慢用」，就逕自站了起來。椅子很響的在地板上劃了一下，才使兩個神遊在藝術之宮裡面的女士驚醒過來。

「阿芳，來給陳先生添飯。」杜雪菲以為陳海要起身去盛飯，就大聲叫她的女僕。

「不，我已經吃飽了。」陳海面無表情地說。

「你只吃一碗？」女畫家驚奇的問。她一點也沒有想到這是由於她的菜單不合客人胃口，而且她也太冷落了客人。

「嗯！我只吃一碗。」陳海回答說。

「真的？琿琿。」杜雪菲問她的學生。

「誰曉得他？老師，您不要理他，他這個人不懂得客氣，也餓不死他的。」琿琿又瞪了她男友一眼之後，這樣說。

「那麼，陳海，你就請便吧！請隨意用點水果。我們吃完了再來陪你。」

陳海面無表情地搖搖晃晃的走到客廳去。於是，師生兩人又繼續大談藝術起來。

等到她們兩人吃飽談完，也走到客廳去，陳海已滿臉不耐煩之色。他也不徵求琿琿的同意，就站起來向杜雪菲告辭：「杜老師，我們要走了，謝謝你。」「謝謝你」三個字他說得輕輕的。

「這麼早就走？」杜雪菲和琿琿兩人幾乎同時的說。

「嗯！我還有別的事。」陳海肯定的點點頭。

「那麼，老師，我以後再來看您吧！謝謝您啊！那些菜真好吃！」琿琿向陳海白了一眼，然後就這樣對杜雪菲說。

「好的，你們去吧！」杜雪菲含笑的向兩個年輕人點點頭：「再見！」

一走出了杜雪菲那座幽雅的花園，琿琿就忍不住狠狠指著陳海的鼻子，大發嬌嗔：「你這個人怎麼搞的？一點禮貌也不懂，一吃完飯就跑，好意思嗎？」

「一吃完飯？你有沒有良心？我起碼已經吃完了半個鐘頭才向你老師告辭的呀！」陳海大聲的喊著冤枉。

想想也是自己理虧，可是，又不肯認輸，琿琿就嘟著小嘴，撒賴到底：「不管，人家可是剛剛放下飯碗的。誰叫你吃得那麼快？」

「那麼，我向你賠罪好不好？」陳海伸手攬著她的纖腰。「我請你去喝咖啡。我可要再吃一份牛排，剛才我根本就沒有吃飽。」

「死相！活該！」她用手指戳了他的鼻子一下。

兩個人嘻笑著就走出了那條幽靜的小巷，走向繁盛的大街。

＊ ＊

「老師，您看，陳海這個人怎麼樣？」琿琿一面用小銀匙攪動著杯中褐色的液體，一面緊張地望著杜雪菲那張素淨的，沒有半點人工化妝的臉問。昨晚，陳海請她到一家有名的西餐室去喝咖啡，現在，她卻是坐在杜雪菲清雅的客室中，喝著她老師親手燒出來香濃的咖啡。她非常的敬愛她的老師，所以，她的終身大事也希望老師替她出主意。

杜雪菲把玩著杯子，帶著安詳的微笑，緩緩地說：「妳先把妳自己的意見告訴我好不好？」

「老師，您又來了！那天，我對您說我要帶陳海來給您鑑定鑑定時，不是已經說過一遍了嗎？」

「那不夠詳盡。妳再說一遍給我聽。」杜雪菲仍然安詳地微笑著。

「好，那我說。我喜歡他長得好看，聰明而風趣；但是，他對我有時十分溫柔、體貼，有時又很獨裁、專制。我不知道他是不是真心愛我。老師是個過來人，可以給我指示迷津嗎？」

「唔！迷津，」杜雪菲啜了一口咖啡，點了點頭說：「不錯，當局者迷，在戀愛中的人都是盲目的，的確需要第三者的忠告。」她慈藹地望著她的學生：「琿琿，假如我坦白的把我對陳海的觀感說出來，妳會怪我直言嗎？」

「老師，我怎麼會？我本來就是需要您的指示嘛！」琿琿急急的嚷了起來。

「好的，那麼，讓我先講一個故事給妳聽。」杜雪菲安詳地一笑，啜了一口咖啡，然後開始她的故事。

二十多年前，有一個學美術的女孩子，我故且稱她為G。在一個偶然的機會中，她認識了一個比她大上十歲的男人M。G長得還不錯，在學校裡是許多男同學追求的目標。但是，也許是她那時年齡還小，也許是她眼界太高，對那些髒兮兮的，不修邊幅的藝術學生都看不上眼。不知怎的，那個三十歲的青年M卻深深的吸引了她。M那時沒有工作（在兵荒馬亂的年代，一個人暫時沒有工作是不足為奇的），不過，他是名人之後，長得一表非凡，一雙深深的眼睛就像外國電影明星一樣，而且對女孩子又非常體貼；交往不久之後，G的一顆芳心就牢牢繫在M的身上。另外一個重要的原因，可能是因為她遠離家庭到後方求學，需要父愛之故罷！

認識了不到半年，他向她求婚，她毫不猶豫的就答應了。敵機的空襲，生活的不安定，也是迫使她等不到畢業就匆匆結婚的原因之一。

婚前的生活多麼羅曼蒂克，婚後可完全不是這麼一回事，來了一個一百八十度的轉變。這對青年男女，男的是四肢不勤，五穀不分的紈褲子（可惜G當時不懂得這樣想），女的是個生活在象牙塔的美術學生，兩人都不曾經歷過世間的艱險，完全不懂人情世故，就貿然的結合在一起，那是多麼冒險的一回事！

新婚的時候，男的靠著從家裡拿出來的一筆小錢，租了一間小小木屋，安頓了他的不會燒飯的小妻子。現實的煎熬，已使G開始覺得：做一個貧窮的主婦倒不如做窮學生舒服，因為她起碼不必自己燒飯。不過，那時她仍然深深的愛著M，所以也不以為苦。

沒有多久，抗戰勝利了。為了要打開一條生路，M湊了一筆旅費，帶G回到上海去。他們住在亭子間裡，M天天出去找工作都沒有找到，因為他只讀過一年大學，沒有任何專長，但是又不肯降低身分去做低級的工作。這時，G已有身孕了，為了生活，M只好去做掮客，賺些零碎佣金，勉強維持兩個人的生活。一直到孩子生出來，情形都沒有好轉，由於負擔加重，日子就更苦了。為了孩子，G又沒有辦法出去工作，這時，她開始後悔了，為什麼要這麼早結婚呢？這不是自尋煩惱嗎？最苦的是她想畫一幅畫都不行，孩子和家務纏著她不用說，就算有時間，她也拿不出錢來買油料和畫布。她想：她這一輩子是完了，這麼年輕，就變成了一個蓬頭垢面，整天躲在家裡忙這忙那的家庭主婦，犧牲不是太大嗎？她向丈夫怨懟。M現的脾氣也漸漸壞了起來，不像以前那麼溫柔體貼。他說，你只懂得自己著想，難道我在外面奔跑就不辛苦？嫁雞隨雞，是妳自己選中我的，那就認命吧！少發小姐脾氣啊！從此，兩個人就經常的爭吵，愈吵就感情愈壞。所謂貧賤夫妻百事哀，就是他們的寫照。

來到臺灣以後，好不容易，他的一位父執給他在機關裡安插了一個辦事員的位置；做了一年多，他嫌工作太忙，竟不顧一切的辭掉。這時，他們已經有了兩個孩子，一家四口都需要他負擔，他怎可以這般任性？現在G開始看清了M的本來面目，原來他竟是不負責任的男子啊！

不得已，G只好丟下兩個幼小的孩子在家裡，自己到外面去找工作。很快的，她在一家私立中學謀得了一份美術教員的職位，有了固定的收入，生活才慢慢安定起來。

有了G負擔家計，M的懶散天性就更加顯露無遺。他索性不去找新的工作。他認為有出息的男人應該去搞大事業，為區區五斗米而折腰，是壯夫所不屑為的。但是，他憑什麼去搞大事業呢？他沒有資本，沒有本領也沒有人事背景，雖然是名門之後，可是他那有名的祖父和父親都已去世，今非昔比，人們是不再賣帳給他的呀！交際原來就是他之所長（說他一無所長是不公道的，起碼他懂得交際），現在，他不用去上班，也不必去賺錢養家，有的是時間，就開始大吹法螺。結果，一年又一年的，他的大事業並沒有搞成功，卻由於交際的關係，沾染抽煙、喝酒和賭博的惡習。這個不負責任的男人，自己不賺錢養家，反而向妻子伸手要錢用。幸虧，G這時多兼了一間學校的課，在家裡又收了幾個學生教畫，經濟稍微充裕了一點；否則，兩個孩子日漸長大，叫她怎能應付呢？

到了這步田地，G對M已完全失卻信心和愛心。為了他浪子般的行為，她對他痛恨得不得了，夫妻更是經常吵架。她不明白自己當年為什會愛上這個男人，現在呢？真是連話都懶得跟他講。兩個人雖然話不投機，同床異夢，但是，為了孩子，他們表面上都維持著正常的夫妻關係，她的內心真是痛苦極了。

為了宣洩內心的痛苦，這些年，G都把自己的全副身心寄托在繪畫裡，漸漸的，她成名了，也遠離了昔日貧窮的生活。不知道的人都很羨慕她，名成利就，有一個英俊的丈夫和一雙聰明可愛的兒女，豈不是世界上最幸福的女人？然而，有誰知道，那個到了中年仍然英俊的丈夫卻是個浪子。而造成這樁不幸婚姻的卻是她自己，誰叫她當初沒有多加考慮，只知道一味迷惑於一個美好的外形呢？

杜雪菲那張完全沒有修飾的臉在日光燈下顯得異常蒼白，她沒有哭，但是，臉上的表情卻比哭還要悲慘。說完了故事，她一雙靈秀的眼睛，定定地望著窗外的庭院，似乎若有所思。

「老師！可憐的老師！這女孩子就是您，故事一開始時我就知道了。是嗎？」杜雪菲才住了口，琿琿就坐到她的旁邊，並且激動的抓住了她的手。

「是的，那就是我。琿琿，你絕對想不到吧？」杜雪菲從窗外收回她的視線，望著琿琿淡淡一笑。此刻的她，心情已經恢復平靜了。

「真的，我絕對沒有想到。我還以為你們是一對幸福夫妻哩！」

「琿琿，你聽完了這個故事，還要我說出我的意見嗎？」杜雪菲問。

「啊！我只顧聽您說話，倒把自己的事忘了。」琿琿愣了一會兒又說：「老師，我太笨了，一時想不通，還是請您給我指示好嗎？」她放開了老師的手。

「琿琿，我不知道你覺得不覺得，我和妳所選的男人都有著不少相似之點。第一，他們都長得漂亮；第二，他們都系出名門，都是闊少；第三，他們在追求女孩子的時候都很有一手，懂得溫柔體貼。所以，我不得不替你擔心。」杜雪菲把身體靠在沙發背上，慢條斯理地說出了她的觀點。

「老師，我還是不懂。這三點難道有什麼不對嗎？」琿琿眨著她的大眼睛問。

「嗯！這三點表面看起來似乎是優點，事實上，卻是女性擇偶的大忌。為什麼呢？第一，漂亮的男人最靠不住，容易變心，容易在外面拈花惹草，而且也會因而自驕自大，厲妻子為奴僕。第二，闊少們大都脾氣很壞，難於相處；而且，他們從小養尊處優慣了，不知稼穡艱難，一旦生活陷入困境，他們就沒有辦法適應。第三，在戀愛期溫柔體貼的男人不錯是個好情人，但是，卻未必是個好丈夫。他們在追求妳的時候甜言蜜語，言聽計從，到了手之後就未必如此了。愛情是會變質的，你看世間上的夫妻有幾對能永遠保持著戀愛期間的熱情呢？因為人相處久了，即使不至於厭倦，漸漸也會失去新鮮感的呀！」杜雪菲緩緩地，娓娓地分析著有關擇偶的認識，就好像在講台上向學生講解美術理論一樣。

聽完了老師的話，琿琿呆住了。漂亮的男人最靠不住，富家子脾氣大，溫柔體貼的情人未必是好丈夫……。糟了，陳海正是這種男人。怎麼辦？他是愛我，而我也迷戀（迷戀跟愛到底不相同呢？）著他。叫我放棄他，似乎辦不到；跟他結婚嗎？又似乎太冒險。啊！我怎麼辦？我怎麼辦？

杜雪菲彷彿看出了這個女孩子的困擾。她微笑著問：「琿琿，你覺得我的話還有點道理吧？」

「就是因為老師的話有道理，所以，我才感到為難嘛！」琿琿哭喪著臉說：「陳海正是老師所說的那種男人，但是，我又捨不得放棄他。老師，您說我該怎麼辦？」

「琿琿，我首先聲明一點，我只是給你意見而不是故意把你們拆夥。你不要過於為難，也不必急於決定。」

「是的，老師，我明白您的意思。不過，老師的話就像一盞明燈，使我看清了陳海的一切缺點，我對他的看法已跟以前不同了。」

於是，琿琿想起了陳海的俗氣，他老是愛穿紅襪子，打紅領帶，髮上老是塗著厚厚的髮蠟。他跟我興趣完全不相投，對繪畫對藝術一點也不懂，也不欣賞。他沒有專長，混完了一家末流的專科學校，結果什麼都學不到，到現在還找不到工作。他對我並不完全溫柔體貼，有時態度也十分專橫；有時又喜歡看別的女孩子，甚至吃她們的豆腐。唔，在這以前，我為什麼就像瞎子一樣，完全沒有看到這些缺點呢？我一定是被他那漂亮的臉孔迷住了。

「老師，迷戀是不是愛情？這兩者之間有分別嗎？」想到這裡，琿琿就轉過臉去問杜雪菲。

「我想，不完全一樣。」杜雪菲想了想又說：「固然對一個人的迷戀會使我們對他發生愛情，但是，這並不能代表真愛。」

「老師，我自己也感覺得到，我對陳海，完全只是迷戀於他的外表，這種感情是不大靠得住的。」琿琿點著頭說：「老師，我決定這樣，給他一個『留校察看』的機會，再觀察一兩個月，假如他仍然沒有進步，我就把他開除。老師，你以為如何？」

「這種事我是不便擅作主張的。不過，你願多觀察，多考慮，那當然最好不過，什麼事都急不得的呀！」杜雪菲微笑著說。

「謝謝老師，與君一席話，勝讀十年書，老師真是一位最好的愛情顧問啊！」琿琿站起來向她的老師告辭，一面禁不住又為杜雪菲不幸的婚姻感到難過。

愛的自覺

電風扇在無精打采的轉動著；電唱機上在播放著一首懶洋洋的流行歌；屋子裡瀰漫著阿摩尼亞和低級化妝品的香味；八張座位中只有一張座位有客人——一個正夾滿了一頭夾子在受烤刑的胖太太，阿摩尼亞的氣味就是從她那些燙髮夾子中發出。幾個穿白衣的女孩子也全都毫不帶勁地歪坐在椅子上；兩個在跟著唱片沙啞的聲音唱歌，兩個在打瞌睡，一個在剉指甲，一個對著鏡子在專心的拔眉。

只有秋月獨自坐在角落裡，捧著一本教科書在埋頭苦讀。她的眉心微微蹙著，鼻頭也沁出了幾顆汗珠。

在無聊地剉著指甲的阿珠用手肘碰了碰她旁邊的阿英，向角落那邊呶呶嘴說：「看！二號又在用功了。這些日子，她誰都不理，就只知道看書，真不知道她神氣個什麼？」

「可不是？二十一歲人了，還像小孩子似的天天捧著書本來唸，不笑掉人家大牙才怪！」阿英轉過身來，放下手中拔眉毛的鑷子，瞥了遠處的秋月一眼，不屑的撇著嘴。

「我真不明白，她為什麼還要唸書？那不是自討苦吃嗎？我記得我在國小畢業那天就快樂得要死，因為從此我就不要背書，不要做功課，也不要考試了。現在，秋月已做了大人，為什麼反而自己找罪受呢？」阿珠唧唧噥噥地說著，她的一雙小眼睛也因為迷惑而瞇成一條縫。

「你這個土包子，你怎麼懂哪？」阿英斜斜地瞪著在角落裡低頭讀書的秋月，依然撇著嘴說：「人家嫌燙髮小姐的身分低，想做女學生，想打進上流社會！」她上過一年初中，所以，見識也比美容院中其他的女孩子多一點。

「奇怪！做燙髮小姐有什麼不好？你和她都是師傅，一個月有一千塊的收入，像我們當洗頭小妹的才可憐哪！」

「說你不懂就是不懂，人家有志氣，眼界高嘛！她長得那麼漂亮，又白又嫩的，本來都有資格做老闆娘的了，偏偏她又嫌老闆學歷太低，個子也太矮，真是臭美。」阿英愈說愈有氣，她把那兩道拔得整整齊齊的眉毛豎了起來，眼中也冒出了火花。因為她暗暗戀愛著她們那個年輕的老闆，而老闆卻只喜歡秋月，從來不肯多看阿英一眼。

是的，秋月是漂亮的，這一點她自己也知道。也許是由於遺傳以及從小就很少曬太陽，也不要做粗工的關係，她的皮膚細白得就像嫩豆腐一樣（她的母親雖然已經老了，還是個白白淨淨的美人）。她的眼睛是鳳眼形的，黑白分明，而且總是亮晶晶的。她的鼻子端正，小嘴玲瓏，身材不高不矮，不肥不瘦。從小到現在，家裡的親友，國小裡的同學，美容院中的同事，大家都稱讚秋月美麗，可是，她始終沒有交過男朋友。這一個原因秋月自己也心裡明白，第一是沒有機會，第二是她對一般的男人沒有興趣，第三是她自己太古板，太不愛打扮。她雖然天天替別人梳理髮型，但是，她自己卻始終是清湯掛麵，而且連口紅也不搽。

美容院老闆的喜歡她，恐怕是欣賞她手藝的成份多於欣賞她的容貌。的確，二號秋月小姐早已是這家美容院的臺柱了。經她梳理出來的髮型，又自然又漂亮，而且她對待顧客的態度也溫柔而親切。這家美容院的地點不夠好，位置在一條巷子裡，生意一向非常清淡，若不是靠著二號的號召力，恐怕就維持不下去了。

假使日子平平靜靜的這樣過下去，倒也可以獲致內心的安寧；可惜，自從半年前美容院的樓上搬來了一家新房客以後，秋月從此就失去了寧靜的心境。

那顯然是在很多方面都跟她們完全不一樣的一個家庭，在那些燙髮小姐的心目中，這一家一定是很有學問的人。父親是戴眼鏡的，不苟言笑，一副道貌岸然的樣子；母親打扮的樸素而高雅，一看就知道是個職業婦女。兩個兒子也全都戴著眼鏡。大的那個留著西裝頭，像是個大學生的樣子；弟弟留著平頭，穿著軍訓制服，還是個高中的學生。

果然，這一家都是有學問的人，他們的身分是與我們不同的。搬來的第二天，這一家女主人下樓來做頭髮，幾個燙髮小姐立刻就圍著她好奇地問長問短；而問長問短的結果，又證實了她們的想法。這一家的男主人梁先生是報館的編輯，梁太太是個中學教員；大兒子在T大唸書，小兒子在C中上學。

「梁太太，你的兒子都很棒啊！」向梁太太像調查戶口似的盤詰一番後，燙髮小姐們齊聲讚嘆著。T大和C中的名氣她們是聽過的，而且也知道那都是一流的學校。

秋月不像她們那樣愛管閒事，起初她在替另外一個客人梳髮，並沒有留意她們的說話，後來，她們的聲音愈來愈響，她完全聽到說話內容，也就不由得發生了興趣。啊！兄弟倆都是一流學校的學生，多麼了不起！我要看看，這些頭等的好學生到底跟一般學生有什麼不同，尤其是那位T大的學生。我真是個土包子，有生以來還沒有跟這樣棒的學生說過一句話哩！假如能跟他說說話多好！

梁家的人進出都得經過美容院，但是秋月始終沒有機會看清楚那個大學生，即使他弟弟也一樣。不知道是怕羞還是不屑跟她們打交道，兄弟倆去上學或在放學回家時，總是匆匆而過，從來不跟任何人招呼一句，這些時候秋月又往往正在工作，所以一直到他們搬來快一個月了，她還沒有看清楚他的臉。

她只知道他個子高高瘦瘦戴著眼鏡，穿的服裝很樸素很大方。對！這樣才像個好青年。像我們這家美容院老闆的打扮，看了真叫人噁心！頭髮電燙成波浪形，塗著一層厚厚的髮蠟；身上那件襯衫總是顏色鮮豔奪目，西裝褲的褲管窄得不能再窄。說話的時候句句不離「三字經」，一開口就滿嘴煙臭……這樣一個庸俗而惹人討厭的人物，還想打我的主意，也不照照鏡子？不知怎的，秋月以前還不會這樣的厭惡美容院老闆，如今她竟然感到對他已無法忍受。

噢！我只知道批評人家，厭惡人家；那末，我自己又如何呢？秋月忽然醒悟起來，自覺像是春天泥土中的種子，開始在她的靈魂中萌芽、蠢動。沒有事的時候，她就會偷偷的從鏡子中端詳自己。她看來看去都覺得自己相當美麗，挑不出什麼瑕疵；但是，她看來看去也都覺得自己只是一個燙髮小姐，跟美容院其他的女孩子也沒有什麼不同。雖則她不像她們那樣愛管閒事，高聲談笑，以及喜歡在異性面前搔首弄姿。

我該怎樣來改造我自己呢？秋月茫然了。她不懂，她沒有辦法懂。

這一陣子，常常有一個很斯文很秀氣的女孩子到美容院來洗髮。這個女孩子與眾不同，她不讓她們把她的頭髮梳成像時下流行的那種蓬鬆式樣，也不使用噴髮的膠水和香水，她要她們把她的頭髮梳得很自然。

有一次，碰巧是秋月替這個女孩子梳髮。起初，秋月也沒有特別注意到這個客人，直至她提出不把頭髮刮得蓬鬆蓬鬆，不噴髮膠的要求，秋月才發覺這個女孩子的氣質不凡。

她看了看她的打扮：一份米色的套頭毛衣，一條淺咖啡色的短裙，一雙咖啡色的皮鞋，配襯得恰到好處。啊！她的身旁還放著一疊洋裝書，就像梁家大兒子每天去上學所帶的一樣。她一定也是個大學生，她的打扮，不就是我學習的範本了嗎？秋月喜歡這個大學女生，也就加意的用心替她梳髮。她把她半長短的烏黑秀髮，梳得又俏麗又大方，贏得了這位大學女生滿意的一笑。漸漸的，秋月改穿樸素的衣裙，髮型也向那個女學生看齊。她覺得自己似乎沒有以前那麼俗氣，但是，其他的女孩子卻覺得奇怪，秋月為什麼不穿那些花衣服了？

有一天，是美容院休息的日子，所有的人都出去玩，只有秋月一個人留守。郵差送來一封二樓的限時專送信件。他們沒有信箱的設備，平日郵差送信，就放在美容院的櫃臺上；假使有梁家的信，美容院的人就會放在一旁，等他們下樓時交給他們。秋月一看，那封限時信寫的是二樓梁大成先生收。她想：不知道是不是有什麼急事，等到他們有人下來，也許會耽誤了，不如給他們送上去吧！

上二樓上還是第一次，秋月未免有點忐忑不安。在樓梯頂上，她輕輕敲了敲二樓的門，裡面有人跑過來開門，正是梁家的大兒子。

「這是你們的信嗎？郵差剛剛送來的。」秋月鼓起勇氣，抬起頭正視著她所仰慕著的大學生。

「啊！這是我的。謝謝你！」青年人接過信，很友善的向她微笑著。

她多麼渴望他邀她進去坐，但是，他沒有再說什麼。她的任務達成了，還有什麼藉口可以逗留呢？匆匆地說了一聲「不謝」，她只好怏怏的下樓去。她的心狂跳著，她的臉也因為激動而漲紅。還好，偌大一間美容院只剩下她一個人，沒有人會發現她的失態，沒有人會想到去窺探她心中的祕密。她正可以好好的獨自回味咀嚼剛才的情景。

啊！我終於看清楚他的臉，和他說過話，也知道他的名字了。他眼鏡後面的眼睛是多麼明亮！他的微笑多麼親切！他的態度又是多麼彬彬有禮！以前我以為他的不跟我們打招呼是由於他驕傲和瞧不起我們；現在，我相信他絕對不是那樣，他只是有點害羞罷了！以後，我可以跟他招呼嗎？可以再跟他說話嗎？我稱呼他的時候，是不是要叫他梁先生呢？其實，他年輕得很，還是一臉孔的孩子氣，年紀恐怕不會比我大啊！

秋月在開始為自己編織一個綺麗的夢。她幻想梁大成有一天會約會她，就像一般青年男女那樣，請她去看電影、吃館子、郊遊。而她也就打扮成一個大學女生的模樣，做了他的女朋友。只要他不嫌我學識淺薄，別人是看不出我的身分的。對這一點，她具有很強的自信，近來，她極力模仿那位來給她做頭髮的女大學生的一舉一動，她覺得自己已漸漸洗脫了髮姐的習氣。

只是，不知他已經有了要好的女朋友沒有？也許還沒有吧？否則，怎麼從來不曾看見他帶女孩子回來。秋月這樣自問自解著。

自從她送過那封信給他以後，她渴望再跟他說話，甚或點頭微笑一下都好。然而，他還是老樣子，每次從樓上下來，就是目不斜視地匆匆出去。是他討厭這裡面的群雌粥粥？厭惡這裡面劣等化妝品的香味？還是天生不喜歡與人打交道？秋月對他外出的時間是知道得很清楚的，每次聽見他的腳步聲，她就眼巴巴地像向日葵仰望太陽那樣等候著他的出現，注視著他眼鏡後面明亮的雙眸，可是，她全都失望。他的眼裡沒有她，也沒有他所經過看見的任何人。

他恐怕已經有了女朋友了，要不然，他為什麼會完全無視於我的美麗？秋月原來是不喜歡打聽別人的私事的，現在，她不得不破例。

當她給梁太太做頭髮時，她藉故跟梁太太搭訕著問梁太太在那裡教書？以前住在那裡？稱讚梁太太福氣，有這麼大的兒子。然後，在不經意中，她輕描淡寫的問：「你的大孩子有女朋友了吧？」

「還沒有哪！我這孩子脾氣很怪，挑剔得很，嫌東嫌西的，所以，到現在還沒有一個要好的。他的同學們人家早都有了。」梁太太很隨和的回答她。

秋月聽了是半驚半喜。驚的是他的挑剔，恐怕自己難以中選；喜的是他還沒有對象，自己仍然有希望。於是，她又再試探一句：「你做媽媽的給他找一個嘛！」

「他才不要我替他找哪！雖然他並沒有跟我講過，不過，我知道他的條件是很高的，既要人長得好看，又要有學問和人品好。你說，這不是很難嗎？」梁太太誠心誠意地向秋月侃侃而談。她又怎會想到這位髮姐對自己的兒子居然發生了微妙的感情？

秋月的心沉下去。沒有希望了，沒有希望了，你這個只有國小畢業程度的土包子別妄想了吧！

她覺得自己嚐到失戀的滋味，她吃不香睡不酣，整個世界在她的眼中似乎都蒙上了一層灰濛濛的色彩。然而，有一天，她忽然又覺得陰霾散盡，陽光普照。

那天的下午，美容院生意清淡，客人一個也沒有。秋月無聊地站在門口閒眺，忽地，她看見梁大成手中拿著兩本書，邁著大步，向她走來。她的心又是撲撲的狂跳著，卻不肯放過機會。她迎著他，展開一個甜甜的微笑，問：「今天這麼早就放學了？」

「是呀！今天下午只上一節課。」他也禮貌地回報一個微笑。

但是，說完這些話，他又像往常一樣，匆匆上樓而去。她偷偷嘆了一口氣，他大概是很吝嗇說話的人吧？要不然，他為什麼從來不曾主動開過口問她？算了，我應該滿足了，他還沒有跟美容院其他的女孩子說過話哪！看他對我笑得多親切，態度又多麼友善！不要急，慢慢來，說不定機會來時他會改變的。我不相信他不認為我是美麗的。

很不幸地，秋月所盼望的機會始終沒有來到，她和梁大成之間的交往，幾個月以後還是停滯在點頭微笑的階段，而且，點頭微笑的次數也是有限的可以數得出來。然後，到了有一天，她看見了那個鐵一般的事實，她終於明白，自己痴愚地編織出來的那個美夢，是澈底破滅了。

那是一個星期日的上午，秋月看見梁大成穿得很整齊的出去，大約過了個把鐘頭以後，他帶著一個女孩子回來。全美容院的人都注視著他們，因為這還是梁大成頭一遭跟小姐在一起。秋月更是驚愕得張口結舌，差一點沒有昏過去，而那位小姐的美麗，更是使她自慚形穢。

秋月不知道應該怎麼去形容她。她當然也是個大學生了，但是，她比起那個常常來做頭髮的女大學生，又不知好看了多少倍。說她像個電影明星嗎？不，那太庸俗了，她不屬於那種類型；說她像個仙女嗎？也不是，仙女是不屬於人間的，而她卻是個實實在在的現代女孩子。她高高的，很苗條，跟梁大成正好匹配。她的皮膚是象牙色的，一頭濃黑的秀髮很自然的披在肩上；身上隨隨便便的穿著一件綠色的風衣，腳上一雙半跟的黑皮鞋。即使是這樣樸素無華的裝束，也顯得出她的風華絕代、飄逸不群。

她和梁大成並肩走了進來，一路上兩個人很自然的談笑著。這一次，梁大成沒有忘記跟美容院的老闆打招呼，但是，卻沒有注意到正在替客人梳理頭髮的秋月。

要來的終於來了，秋月早就恐懼著這一天會來臨，因為她不相信以梁大成那樣優秀的青年會找不到女朋友。

她咬了咬嘴唇，眨了眨眼睛，把所有的痛苦咽下肚裡，把快要奪眶的眼淚迫回去，依然默默的工作著。她注意了一下時間，現在是十點半；她等候著，守望著他們下來。直至下午兩點多，兩人又是有說有笑從樓上下來，十分愉快的出去。顯然的，這是梁大成第一次帶他的女友回來會見父母，他們留她在家吃中飯，飯後兩人再出去玩，神仙似的生涯啊！可惜那只屬於一雙在戀愛的情侶！

以後，那美麗的女孩子常常來，而梁大成也變得隨和得多，出出進進的總是自動先向別人打招呼，看到秋月時也是主動的點頭微笑。不過，秋月現在對他動人的微笑已不會心跳了。她已澈底的醒悟，她知道癩蛤蟆想吃天鵝肉是可笑的事，一個髮姐暗戀著大學生，也是可笑的事，那完全是沒有自知之明，完全是妄想。

它像是一場無痕的春夢，在秋月的生命史上來得突然，也去得無影無蹤。不但沒有第二個人知道，再過十年八年，說不定連秋月自己也會把這件事忘懷。還好，這單戀的苦杯她只是淺淺的嚐了一口，所以，她的痛楚也不怎麼深。

這次教訓觸發了她的求知慾與上進心。她深深知道，想改進自己的環境與地位，光靠改變外型是不夠的，如何去增加自己的學識、充實自己的內在，才是最重要的事。限於工作的時間，而且她並不在乎學校的文憑，她不打算去讀夜間部。她只是去買了幾冊國中的國文、英文和史地回來自修。國文和史地她自己讀，英文則收聽電台的廣播教學。她默默地這樣做，只求耕耘，不問收穫，因此心理上也很寧靜，不至有緊張的壓迫感。至於同事們的冷言冷語，她更是沒有放在心上，她知道，她們是不會了解她的。

有時她甚至會暗暗感激梁大成，因為假使不是他點燃了她的愛情的火花，她就不會有上一次（在打扮上）和這一次（在求知上）的自覺。

船上的一夜

暴風雨雖然已經停止了，船身還是動盪得很厲害。她躺在甲板上一艘吊著的救生艇下面，頭枕在小皮箱上，身下墊的是一張牛皮紙。白天的暈船病還沒有過去，此刻的頭腦還是昏昏沉沉的。海上初秋的晚風已微有寒意，她把蓋在身上的那件薄薄的風衣拽緊，整個人縮成一團，還覺得有點冷。想到自己平日在家裡的時候，只要外面風大一點，就一定要關窗睡覺，如今竟要睡在露天的甲板上，而且又沒有被子可蓋，那是多麼不可置信的事啊！

甲板上燈火全無，天空無星無月，海上船上一片漆黑，若不是她明知自己四周橫七豎八的也躺滿了人，而且偶然也聽見一兩聲咳嗽，一陣打鼾，或幾聲低語，她準會嚇得大叫，寧死也不會躺下來。這算什麼呢？買了船票，卻沒有鋪位可睡，男女混雜的睡在甲板上，這不像逃難像什麼？家裡的宗良知道了會多麼心疼！啊！他此刻正在做什麼呢？是在睡覺還是在燈下爬格子？不過，無論如何，他也想不到我會睡在甲板上吧？

附近有人在嘔吐。今天的風浪可真大，船上的搭客大半都暈船了。她總算比別人強些，只是頭暈而沒有嘔吐，不過，她也夠難受的。船身一側，她聞到了一股酸腐的味道，接著，聽見了細細的水流聲，然後，背後感到了潮溼。糟糕！別人的嘔吐流到我這邊來了。她覺得一陣噁心，自己差一點也吐了出來。她支撐著想起來換個地方睡；可是，頭部似乎不聽她的指揮，怎樣也抬不起來。

轉個身，面向著大海，黑暗中雖然看不到海的真面目；然而，從海浪沖激船身的聲音聽來卻不難想像它洶湧的險狀。

還好那邊還睡了一個人。她想：那個人心腸真好！剛才，當她像喪家之犬似的，吃力地挽著兩件隨身小行李到處找睡覺的地方，好不容易想到這艘救生艇下面或可安身，卻因為已被人捷足先得而急得快要哭出來時，那個人竟好心地把自己的鋪蓋挪到靠近欄杆的地方，讓出一個空位來：「小姐，你睡這裡吧！」他簡單地說。

那時已經暮色蒼茫，她根本看不清他的樣子，只聽得出他的聲音很年輕。也許是個僑生吧？她想。

「啊！那怎麼好意思？你睡那裡會很危險呀！」她說。雖然她真想立刻倒下來就睡，可是，在陌生人的前面還是不得不維持著禮貌。

「沒有關係，我會游泳。」那個人似乎一本正經，又似在開玩笑的說，說完了，翻個身，就不再說話。

「那麼，謝謝你了。」她說著，也就不客氣地蹲下來開始鋪開她簡單的臥具。天漸漸暗下來，全船的人大都睡下來了，假使她還沒有安身的地方，那真是不堪設想。

可是啊！她一直睡不著。海風的吹拂、皮箱和地板都太硬、颱風的餘悸、暈船病的延續……，都是重要的因素。剛才，她快要入睡了，那股嘔吐的來襲，又使得她睡意全消。

船身搖晃著，海水在船底下唱著歌。她在夜風中瑟縮中，暈眩與疲倦使她的頭腦愈來愈昏沉，漸漸地，她失去了知覺，朦朧入睡。好像只是剛睡著吧？有一樣東西從她身上跑過，她嚇得驚叫著醒了過來。

「是什麼東西？」在黑暗中，她自己問著自己，聲音很微弱。

「只是一隻老鼠，不要怕！」在她不遠的地方有人在回答。聽聲音，似乎是剛才讓地方給她睡的人。

「啊！謝謝你！」她禮貌地小聲回答了，但是，身體卻由於恐懼和寒冷而不斷發抖。啊！老鼠從我身上跑過，多麼可怕！在家裡我是看見了蟑螂都會害怕的呀！聽說船上是很多老鼠的，今天晚上叫我怎樣捱下去？我為什麼要搭乘這條船？為什麼要買大艙的票？又為什麼會遇到颱風？宗良在家裡又是多麼的擔心啊！

被老鼠一驚嚇，她今天一整天所受的委屈又都湧上來了。她想起了自己剛上船時，為了不願意到艙底受悶熱，就跟著一大群僑生到甲板上去搶臨時鋪位。那時，她搶到了一處靠近二等艙的角落，把牛皮紙往地板上一鋪，倒也相當舒服。在船上的第一夜，風平浪靜，她躺在星光下，過了無夢的一晚。想不到，今天下午突然下起大雨來，使得甲板上的「超等」搭客們個個狼狽不堪，只好紛紛躲進餐間，靠在油污的桌子上，作暫時的棲身之所。

雨愈來愈大，風勢也逐漸加強，這艘一千多噸的客輪在波濤洶湧的大海上翻騰著，就像一片無告的落葉在秋風中打滾。她，以及無數搭客的胃囊也在翻騰著，每一個人都感到噁心和暈眩，有些還嘔吐起來。

船不會沉吧？我不會死去吧？她在心裡顫抖著。假如不幸出事了，那麼，我這次歸寧所付的代價就太大了，我雖然看到了分別兩年的父母，但是，我卻不能再看到宗良。啊！不！仁慈的上帝，請你救救我們這條船吧！

她在心裡顫抖著，悲泣著；人，軟弱而又昏眩。好不容易捱到傍晚時分，雨止了，風也漸停，船上的茶房為了要開飯，把這些「無家可歸」的搭客通通趕到甲板上。她的行動遲緩了一點，甲板上所有能睡的地方都被人捷足先得，結果只睡到這條救生艇下面。

我這是何苦呢？買不到三等艙的為什麼要買大艙的？為什麼為了省幾個錢不買二等票而受這種洋罪？又為什麼那樣不巧，歸期剛剛好趕上學校開課的日子，以至跟那些僑生們擠在一塊兒？她愈想愈委屈，愈想愈懊惱；當她想起幾個鐘頭以前，茶房趕他們離開餐間時那副兇惡而勢利的嘴臉，不禁嚶嚶地低泣起來。

「小姐，你是不是什麼地方不舒服？我替你去找船醫。」黑暗中，又傳來那個好心腸的青年人的聲音。

原來他也跟我一樣的睡不著！當然，這塊地方怎麼睡嘛？誰還會像在家裡那樣呼呼大睡呢？

「謝謝你，先生，我沒有什麼。」她微帶羞澀地回答，自己太嬌弱了，老是要給這個陌生人添麻煩，多不好意思！

「你不要客氣，大家出門人，應該彼此照料的。你是一個人嗎？」

「是的。」

「你是不是僑生？」

「我？啊！不是的。我回香港去看我的父母。」她又是難為地回答。才不過二十歲的年紀，在任何人眼中都還是個學生的她，已經是個結了婚兩年的少婦了。

「哦！」他沉默了一下，似乎不便再問什麼。「你還是想辦法睡吧！風已停了。」

「謝謝你！」她說。除了這三個字，她實在也說不出別的話來了。

那個人沒有再說話。晚風漸漸變得柔和，船身不再搖動；她的眼皮愈來愈沉重。腦海中的空白愈來愈擴大，終於，真正的入睡了。

當她醒過來的時候，天已大亮。她驚訝地發覺自己的身上披滿了玫瑰色的朝暉，更驚訝於四周的人都已起來，正紛紛忙於收拾鋪蓋。她羞澀地像逃難似地低頭把小皮箱和風衣挽起，匆匆跑到盥洗室中，梳洗一番，換過一件乾淨的衣服，又走上甲板。那位幫助我的好心人不知起來了沒有？我得好好向他道謝一番啊！

走到那艘救生艇下面，她呆住了。除了她留在那裡的一張又皺又髒的牛皮紙外，那裡有那個人的蹤影？當然囉！天已亮了，幾個鐘頭以後，船就可以到達基隆，大家都要忙著準備上岸，誰還會高臥不起，可是，我到那裡去找他呢？我只聽過他的聲音，他的樣子是怎樣的，我可不知道啊！

她惘然地在甲板上走著。現在，這裡已聚集了一群群的僑生，他們坐在行李上，愉樂地談笑著。這，使她更感到孤單和寂寞。她暗暗地注意著每一個男孩子，希望能夠發現她想找尋的人；但是，她找不到那張她想像中的臉。

大海又恢復了昨天風平浪靜的樣子，船平穩地進行著，把一船的遊子載返家園。依在船欄上，在回家的興奮中，她漸漸忘記了那個好心人，也忘記旅途的辛苦與孤寂。船駛入了青山綠水環抱著的基隆港。當她的眼簾一接觸到岸上的建築物時，頓時就起了親切之感。人真是奇怪的動物，天天住在同一個地方時會感到厭倦；但是，一旦離開了再回來，又覺得它可愛了。

宗良是不是正在碼頭等我呢？可憐的他，這半月該會多寂寞啊！

她的雙頰泛著紅潮，緊張地握著船欄目不轉睛地望著漸漸在眼前擴大的海港大樓。她的身旁也擠滿了無數搭客，每個人都跟她一樣懷著顆興奮的心。

無意中，她聽見有人在她身邊叫著：「老李，看你這副緊張勁，是不是在等女朋友接船呀？」

「去你的，我可沒有你這麼好福分哩！在等我的弟弟，我要他幫我抬行李。」一個站在離開她兩個人的地方的青年哈哈笑著回答。

啊！好熟悉的聲音！那帶有磁性的男中音，不正是昨晚那個好心地幫助她的人的聲音嗎？不錯！他的樣子跟想像中一樣：頎長、壯健，有著一張愉快、隨和的臉，戴著一副黑框眼鏡，是個大學生模樣。

可是，我能招呼他嗎？昨晚他讓地方給我時，已是暮色蒼茫，他也根本看不清我的面孔，又怎會知道我是誰呢？假使我向他自我介紹，又會不會太大膽呢？

「淑芸！淑芸！」碼頭上有人在叫她了。啊！是他！宗良果然在碼頭上等著，此刻正在向她揮手哩！

「宗良！我在這裡！」她立刻高興得忘了形，也忘記了身旁那個青年人，高聲地向碼頭上她那分別了半個月的丈夫叫著。

戴眼鏡的青年聽了她的聲音，如有所悟地轉過頭來深深地望了她一眼；但是，她並沒有察覺到，在她心房中，已不會再有他的影子了。

兒子的女友

郁哲明站在餐桌旁邊，一手拿筷，一手捧碗，稀里呼嚕的，三口兩口就把兩碗稀飯喝完。放下碗筷，擦擦嘴，把毛衣往身上一套，拿起放在桌上的兩本洋裝書，喊了一聲：「媽！我去了。」就邁開大步，咚咚地跑下了樓梯。

望著兒子頎長挺拔的背影，郁太太不自覺地就嘆了一口氣；孩子到底是長大了呵！彷彿在不久以前，她才拉著他的小手去考幼稚園，怎麼一下之間就變成大學生了呢？

孩子長大就會飛走的，我們母子兩人相依為命的日子還有多久？想著，郁太太忽然感到害怕起來。孩子小的時候我還直盼他快點長大，現在，我倒希望他永遠是那個整天膩在她身邊的小男孩。可不是？他竟然已懂得愛慕異性了。前天，他放學回來，對我說過什麼來著？

「媽，我今天看到了方蓓。」郁太太記得。兒子一進門就眉開眼笑地這樣對她說。

「哦！真的嗎？你在那裡看到她？」方蓓是她母子倆最喜歡的玉女明星，郁太太聽見了也很興奮。

「真的！就在我們學校裡嘛！」做兒子的臉上還是一副得意的表情。

「哦？她到你們學校去做什麼？她的人漂亮嗎？跟銀幕上一樣不一樣？」太太愈聽愈感到有興趣。

「唔！相當漂亮，似乎比在銀幕上還好看。」哲明一雙黑黑的眼睛望著窗外，似在回味無窮。「媽，我今天才知道，原來她也是我們學校的學生，剛考進來的，家政系的新生。」

「方蓓真不錯呀！讀了大學，她的氣質一定會更高貴了，哲明，你的運氣也不錯，能夠跟大明星同學。」郁太太跟兒子打趣著。

「媽，我還跟她說過話哩！」哲明的臉忽然地脹紅起來。

「真的？你真與她認識了？」做媽媽的緊張地盯著兒子。

「媽，那有什麼稀奇？大家是同學，又同坐在一部車子裡，很自然的就交談起來嘛！」

「你跟她說了些甚麼？」

「也沒什麼，我只告訴她，我和媽都是她的影迷。」

「她聽了怎麼說？」

「她笑了笑，叫我們給她多指教。」

「想不到，小小年紀就懂得外交辭令了。」

「媽，當然哪！您別忘了她是個成名的電影明星啊！」做兒子的這樣說完了，就回到自己的房間裡去做功課，過了很久都不出來。

昨天早上，郁太太到兒子房間去打掃？她發現：兒子書桌上的計算紙上，畫滿了少女的漫畫像，看起來有點像方蓓，而且每個畫像下面都寫著Lovely這個英文字。

郁太太呆住了，從來不曾對任何女孩子發生過興趣的哲明，難道愛上了這個美麗的電影明星？當然，誰不羨慕美色，誰不愛慕少艾？何況，哲明已是個十九歲的青年？只是，方蓓適合他嗎？從影已有一兩年的她？恐怕年齡也比哲明大吧？就算哲明愛上她，她也未必會看得上這樣一個毛頭小伙子啊！我又何必杞人憂天呢？想著，不禁釋然。

然而，到了下午情形似乎又「嚴重」了一點。哲明放學回家，立刻衝進廚房，從口袋中掏出兩張紙片，向他母親晃了一下，喜孜孜地說：「媽，方蓓送了我們兩張贈券。」

「真的？你們不是才認識一天嗎？」做母親的懷疑地問。

「那有什麼關係？我昨天跟她說我們兩人是她的忠實影迷，她聽了很高興，所以，特地送給我們的嘛！媽難道您不知道影星需要影迷，就像作家需要讀者一樣嗎？」哲明一面搖著頭，露出了不以為然的表情，一面慎重地把兩張票子收回口袋裡。然後又說：「媽，這個星期日。我們去看她演的『少女的夢』。」

「好呀！有電影看難道我還不去？」望著兒子那興奮而喜悅的神色，郁太太不免有點憂心忡忡；但是，她表面上卻微笑著。

是了，是了，兒子一定是愛上那位玉女明星了。他對女孩子從不曾發生過興趣的（除了偶而談談電影女明星），如今為什麼對方蓓這樣傾倒？有方蓓這樣美麗可愛的女孩子做媳婦固然不錯（啊！我想得太遠了，他們現在連朋友都不是。何況，方蓓又未必看得上哲明。），可是，我們配得上她嗎？她又會不會嫌我們窮呢？一個沒有父親的孩子，靠著母親替人編織毛衣把他養大成人，勉勉強強的擠進了大學之門，又藉著獎學金和當家教才付得起那昂貴的學費。在這種情形下的一個青年，經濟和時間都不充裕，有沒有資格談戀愛？又有沒有資格跟電影明星談戀愛？算了，算了，不要杞人憂天，不要想的太遠，等到成為事實的時候才說吧！

想到這裡，郁太太又長長的嘆了一口氣，然後無精打彩地坐到飯桌旁邊，慢慢地一口一口的啜著稀飯。

星期日，母子二人高高興興地到了電影院。銀幕上的方蓓的確可愛，明眸皓齒，笑起來甜甜的。每當有她的特寫鏡頭出現時，觀眾中那些小女孩就異口同聲地叫了起來：「好漂亮啊！」郁太太側過臉去看身邊的兒子，黑暗中只見他聚精會神地注視著銀幕。她輕輕碰了碰他，問：「銀幕下的方蓓也這個樣子嗎？」但是，他沒有聽見。

回到家裡，郁太太又提出了這個問題：「哲明，你在學校裡看到的方蓓是不是跟銀幕上的樣子一樣的？」

「好像差不多。」哲明想了一會兒然後回答：「不過，我以為她在學校裡還要好看些，因為她完全沒有打扮。」

「哦？這樣倒很難得。你不是說過你們學校裡有些女孩子打扮得很厲害嗎？方蓓還不錯嘛！倒是人如其貌了。」

「可不是？有些女生還畫眼線塗眼膏來上學，真嚇死人！」

「哲明，方蓓這樣可愛，我真想看看她！」

「媽，她差不多每天都跟我同車回家的。不過，路這麼遠……。」哲明好像面有難色。

「當然，我是說著玩的。難道這麼大的一個人，真會瘋狂得老遠跑去看一個電影明星嗎？」郁太太想了一下，又問：「哲明，你……。」她原來想問：「你跟方蓓的交情現在如何了？」想想又覺得太冒昧，太囉嗦。雖然親如母子，但孩子長大了，做母親還是不要管得太多為妙，否則會惹起反感的。她又把話嚥回去。

「媽，您剛才說什麼？」兒子狐疑地望著母親。

「沒甚麼，我想問你——你，你的功課這麼緊，又要去當家教，會不會太累？」她結巴巴地說。

「媽，您這句話問過多少次了？我不是說過不累嗎？當家教算得了甚麼？別的同學們還有一面上班一面上課的。」

「你不累，媽就放心了。」郁太太慈祥地凝視著兒子。在母親眼中，十九歲的兒子是愈長愈英俊了，他那炯炯有神的雙眼、挺直的鼻樑、方方的臉孔、高高的個子，也愈來愈像他那早已去世的父親。一想到她的丈夫，郁太太不由得幽幽地嘆一口氣。這使得她的兒子嚇了一跳。

「媽，您為什麼嘆氣？」他問。

「沒什麼。媽看見你長得這麼大，就想到自己老了。」

「不，媽，您一點也不老。我同學都說您年輕哩！」

「算了，你這傻小子別騙媽開心吧！」郁太太輕輕一笑，驅走了那無端襲上心頭的哀愁。

往後的一段日子，哲明還是不時地向母親報告有關方蓓的消息。

「媽，方蓓當選他們一班的班代表了。」

「媽，方蓓在迎新會中唱了兩首歌，雖然唱得不大好，但是，同學們都拚命鼓掌。」

「媽，方蓓代表他們班上參加學校裡的演講比賽。」

「媽，我們學校裡有一個神經病的男生天天都寫一封情書給方蓓，但是全被退回來了。」

每當兒子這樣向她報告時，郁太太都小心地注意著哲明臉上的表情，看他有沒有那種在戀愛中的迷惘的神色。觀察的結果，她在他臉上發現的，還好只有喜悅、愛慕而沒有迷惘。而且，他每天按時回家，又那裡有時間去談戀愛呢？我一定是過慮了，哲明不會亂來的，他是個乖孩子。郁太太這樣安慰著自己。

漸漸的，哲明不大談到方蓓的事了。他經常的很晚才回家，星期日也常常藉故外出。在家裡的時候，老是躲在房間裡；在母親面前也變的十分沉默。他開始注意儀表，每天早上總花不少時間來梳理他的頭髮；襯衫天天都要換，西裝褲自己熨得筆挺，皮鞋也擦得雪亮。本來經常帶著笑容的臉變得有點憂鬱，好像老是有著心事的樣子……。

是了，是了，要來的一天終於來了。郁太太暗暗在叫苦，我是過來人，難道我還看不出這是一個人在戀愛中的表現？哲明一定在跟方蓓談戀愛了。一向對我無話不談的兒子怎麼一下子就變得這樣諱莫如深？他手邊經常沒有幾個錢，又怎能跟女朋友出去玩呢？不行，我一定要問他。假使他真的在談戀愛了，做母親的也得給他做個顧問，給他協助呀！

在一次母子相對用膳的時候，郁太太嘗試著問：「哲明，好久沒聽見你提到方蓓了，她最近怎麼啦？」。

「我不大清楚。」哲明含糊地回答，避開了母親的眼光。

「為什麼呢？你們不是天天同車回家嗎？」郁太太再追問下去。

「我真的不大清楚嘛！」哲明的臉脹得通紅。

「哲明，你有事情在瞞著我。是不是？」母親盯著兒子。

「沒有的事，媽，您別多心。啊！今天這盤炒牛肉真好吃！」

「哲明，在這個世界上，媽是你唯一的親人，有什麼事，你都不應該瞞著媽。知道嗎？」郁太太依然不放鬆。

「知道。」哲明低著頭小聲的回答。母親對他的關心，使他的一滴淚水幾乎滴進飯碗裡。經過了這次會談，母子之間竟似橫亙了一道鴻溝。郁太太非常傷心，兒子居然矢口不承認，可見他是存心瞞騙我了。他既然不肯講，我又怎能再問下去呢？看來，兒子長大了都不需要母親的。

足足兩天，母子之間都極少交談。到了第二天的晚上，出乎郁太太意料的，哲明竟然臉紅紅地對她開了口：「媽，您以前不是說過想看方蓓嗎？」

「是呀！你說我有機會可以看到她？」郁太太驚喜的問。她的驚喜一則是為了兒子的首先開口，二則是可以看到方蓓。

「是的，媽，她說要來看看您。」哲明垂著眼瞼回答，他的臉一直紅到了耳根。

「是她自動要來的？一個大明星肯到我們這間小屋子來？」郁太太緊張得手心都冒汗了。

「你跟他已經這樣熟？」

「媽，你罵我好了，我不應該一直瞞住您的。」哲明把頭俯得低低的，眼睛注視著鞋尖，臉上的紅暈依然未褪。「我跟她已經來往了一些日子，但是，我怕您反對，一直不敢講出來。昨天，我告訴她，媽好像已經在猜疑了。她說，我們怎可以長期欺騙你的母親呢？我要去看看她，假使她不喜歡我，我們就趁早分手。」說到這裡，哲明抬起頭來望著他母親說：「媽，您不會討厭她吧？她是個好女孩，我的眼光不會錯的。」

一切都來得太突然了。方蓓的自動來看她，兒子的坦白承認，這都使得郁太太一時激動得說不出話來。半天，她才訥訥的回答：「我也希望我會喜歡她。哲明，她知道我們家裡這樣窮嗎？」

「她知道的。我已經把我們的一切都告訴了她。」

「她沒有瞧不起你？」

「怎麼會？會的話她就不跟我來往了。」

「哲明，你們在一起的時候都去的什麼地方？你沒有錢花，怎敢帶她出去？」郁太太忽然想起了這個問題。

「媽，我們去的都是不花錢的地方，我們只是散散步，談談心就是。我因為自己請不起她，也不肯讓她請。有時，她說要請我看電影，我都拒絕了。」

「好孩子，你真有志氣！媽對不起你，要你這樣挨窮受苦。」郁太太說著，情不自禁的就落下了眼淚。

「媽，您千萬不要這樣說，您是世界上最偉大的母親，我永遠會感激您的。」哲明走過去摟住了他母親的肩膀。

「哲明，方蓓什麼時候來？」郁太太仰起了頭問。

「她說，看您什麼時候方便。」

「我整天都在家裡嘛！」郁太太想了一想說：「這樣好了，明天下課後你帶她來，我們請她吃晚飯。」

「好的，媽，我明天一定帶她來。」哲明高興的說著，在母親的頰上親了一下。

請兒子的女友吃飯，不，請一個電影明星吃飯，又是第一次見面，該怎樣安排，真是費煞苦心的。這一天，郁太太想了又想，決定不要打腫臉充胖子，她要以原來面目會見方蓓，包括了她本人、家屋、以及菜餚三方面。她自己不特別打扮，就穿著家常服裝見客。屋子不特別收拾，就讓它保持原來的樣子，一部編織機也照樣放在客廳。至於菜餚，她也不買大魚大肉，只準備幾樣較為精緻的小菜待客。為了禮貌，她特地買了一束鮮花，裝飾在客廳裡。

她這樣安排，是要試驗方蓓到底是不是真的不嫌他們窮苦。

雖然極力要自己保持鎮靜，然而，為了這是一個重要的日子，郁太太仍然緊張了一天。

到了哲明平日放學的時刻，樓梯口，一聲響亮的：「媽，我回來了。」竟使得正在廚房中忙著的郁太太嚇得心頭撲撲跳。她在圍裙上擦著手，正想迎出去，哲明卻已帶著一個少女走進廚房來。

在郁太太的心目中，方蓓應該是一位衣著入時的摩登小姐，雖則哲明說她上學時從不打扮，但她到底是個著名的電影明星呀！電影明星那有完全不化妝的？然而，如今出現她面前，緊挨在哲明身旁的，卻只是個普通的大學女生。一件雪白的套頭毛衣，一條淺粉色的窄裙，一雙酒杯跟的黑皮鞋，這便是她的全部裝扮。她的頭髮短短的，直直的，式樣很簡單，素淨的臉上，連口紅也沒有抹。雖然如此，她仍然是明眸皓齒，甜美可人，不但不比在銀幕上遜色，而且另外更有一股清新的氣息。

「媽，這位就是方蓓。」郁太太還沒有開口，哲明就搶先的為母親介紹了。說著，他又舉起手中的一籃蘋果：「她還買了蘋果來哩！」

「啊！久仰久仰！方小姐，你比我想像中的還要美麗。」郁太太搓著手，由衷的讚美著兒子的女友。「你為什麼這樣客氣，還要帶東西來呢？」

「伯母，這只是一點小意思，不成敬意。」方蓓微笑著回答，露出了一口編貝似的皓齒。

「那太謝謝你了。哲明，你帶方小姐到前面去坐吧！廚房髒。」郁太太又走回水槽邊開始工作。

「伯母，您叫我方蓓好了。有沒有需要我幫忙的？」方蓓說著，不但不離開廚房，反而走到郁太太身邊。

「啊！怎麼可以？那會弄髒你漂亮的衣服呀！」郁太太迷惘地注視著身邊的少女。電影明星也會做廚房的工作？

「伯母以為我不會做？我在家裡也常常幫媽媽的忙。」方蓓彷彿看透了郁太太的心。

「真的？那太難得了！不過，今天我真的不需要幫忙，沒有幾樣菜，都很簡單的。哲明，你們還是到前面去坐吧！」太太有點不好意思的說。

「方蓓，我們還是出去吧！我給你看我小時候的照片。」哲明在旁邊為母親解圍。於是，方蓓就跟著他到客廳去看照相簿。

一年多的從影生涯，並沒有使方蓓染上成人社會的惡習；相反地，卻使她懂得不少人情世故以及禮儀和應對。在飯桌中，她活潑而不輕佻，大方而不失禮，始終用一種親切而尊敬的態度跟郁太太交談；漸漸的，郁太太心中的成見就消除了。

在談話中，郁太太知道方蓓跟哲明一樣，也是在幼年便失去父親，由她的母親一手撫養成人，現在也是母女二人相依為命。一種同病相憐之感，更是油然而生。

「你怎麼會想到去演電影的呢？方蓓。」郁太太問。

「還不是為了生活？」方蓓嘆了一口氣。「我上高二的時候，媽生了一場病，把家中的一點點儲蓄都用光了。我急得不得了，剛好那時中興公司正在招考演員，我為了要幫媽媽賺點錢，就偷偷地跑去報名。後來僥倖考取了，媽還不讓我去哩！」

「後來妳怎樣又去成功的呢？」郁太太又問。

「媽，是她哭出來的。」哲明搶著回答。

「伯母您別聽他亂講。是這樣的，母親去見過了我們的老闆和導演，覺得他們都還正派，就勉強同意了。不過，她提出了一個條件，我去拍戲，必須不影響學業，他們必須繼續讓我念書。同時，我每次上片場，她都陪著我去。她老人家對我真是愛護得無微不至呀！」

「你也真是了不起！一面拍片，一面還能考得上大學。」郁太太稱讚著。現在，她對方蓓的一切似乎都愈看愈順眼了。

「媽，方蓓說她只要再拍一年多的電影就要退出影壇了。」哲明在一旁，像報功似的說。

「真的？這對廣大的影迷而言，不是個重大的損失嗎？」郁太太很歡迎這個消息的，表面上，卻不能不這麼說。

「那也不見得。」方蓓低頭輕輕一笑。「我和他們訂了三年的合同，到期後不打算續約了。當時，我為了生活而加入這行工作的；現在，我讀了大學，謀生的能力加強了，不愁找不到別的工作，所以，必須急流勇退。」

迷惑地望著這個口齒伶俐，說話有條有理的少女，郁太太不覺大惑不解：這女孩子怎會這樣懂事的？於是，她脫口就問：「方蓓，妳今年十幾歲了？」

「整整十九啦！跟哲明同年。」

「我可比妳大三個月囉！」哲明又是搶著說。

啊！郁太太在心中暗暗噓了一口氣：我還怕她比哲明歲數大哪！看來，一切全是我的過慮了，這女孩，漂亮、聰明而懂事；最重要的，她居然絲毫沒有一般電影明星的習氣。一點也不驕傲，一點也不虛榮。兒子交到了這樣的女朋友，我還擔心什麼？挑剔什麼？

於是，她忽地開心起來。她大聲地說：「方蓓，吃菜呀！妳不是嫌菜粗，或者嫌我做得不好吃吧？」

「伯母，那裡的話？伯母做的這一手好菜；連我這個學家政的都自嘆不如哩！」方蓓笑著說。

三個人說說笑笑的，一頓飯吃得既愉快而又融洽。飯後，大家吃過了方蓓帶來的蘋果，郁太太為了不想讓這對年輕人在屋裡悶坐太久，就建議叫他們出去玩，並且悄悄交給哲明一百元，叫他請方蓓去看電影。

等那對金童玉女似的戀人出去以後，郁太太把碗盤和屋子收拾清楚，就坐在客廳裡，開始編織一件顧客交來的毛衣，等候兒子回來。她的心情太高興了，一時是睡不著的。

等到哲明看完了晚場電影，又送了方蓓回家，他回到自己家裡，已經靠近午夜了。

「咦！媽還沒有睡？」哲明一進門，就詫異地問。

「等你呀！」做母親的笑咪咪地說，毫無倦容。「想問你今天晚上玩得開心不開心。」

哲明想說什麼，可是，當他想到母親話中的含意時，便不禁滿臉通紅，喊了一聲「媽」，就不再說話。

「哲明，方蓓的確是個好女孩，媽以前未免太多心了。」郁太太站了起來，一面收拾著她的工作，一面說。

「媽，方蓓也說您很好，她說很喜歡您哩！」哲明走過去摟住了母親的肩膀。

郁太太的心裡很想說，我多麼高興有這樣的一個準媳婦，但是，她不好意思說出來。

貓眼

在鏡中，我忽然看到一雙特異而熟悉的眼睛：很大，眼珠子很黑很靈活，眼尾尖尖的往上吊，給人以俏麗的感覺。以前，我管這一型的眼睛叫「貓眼」，如果用現在的流行語來形容，就應該說是「蘇菲亞羅蘭式」的眼睛了。

這雙眼睛我在那裡見過？看來好眼熟呀！我扭過頭去想看清楚這位坐在我旁邊位子上的「貓眼」的主人，猛不提防，理髮小姐的下指死命的立刻把我的頭又扳轉過來，嘴裡一面嘟囔著：「別動嘛！」

鏡中的我，肥皂泡流到臉頰上、鼻尖上，一副怪樣子；我撩起白圍巾的一角，把這討厭的東西拭去，裝作正襟危坐，眼角卻仍忍不住去偷窺那雙俏麗的「貓眼」。

「貓眼」的主人很美，尖尖的小鼻子，尖尖的下顎，小巧玲瓏的嘴，一切都配合得恰到好處；估計她的年齡是在二十到三十之間（在脂粉的掩蓋下，我很難準確地說出我的同性的芳齡）。

尖尖的眼角，尖尖的鼻子，尖尖的下顎，一切都是尖的，這個女人一定很尖刻很利害，我這樣想著。

「洗頭去！」理髮小姐推了我一下。

我踉踉蹌蹌地跟著她去，躺倒在洗頭椅上，過熱的水嘩啦嘩啦地朝我腦門直沖，我更加迷糊了。

洗完頭回到座位去時，我仔細地看了看「貓眼」的主人，她的側面比正面更美，冷若冰霜，尊貴得像一位女神。

「有著貓眼的女人都是利害的。」我突然想起有誰說過這句話。對了，利害的女人，這個貓眼的女人多像顏冷香呀！對！顏冷香也有著一雙貓眼。

我坐回自己的座位上，理髮小姐走了，換來年輕的理髮師傅，在給我捲頭髮。我發現他的眼光也被「貓眼」吸引住了，有點心不在焉的。

難道她就是顏冷香？我忍不住又別過頭去看，但是，理髮師傅又輕輕地把我的頭扳回來。不可能的，十多年的別離了，顏冷香現在應該是四十出頭的人，不會這樣年輕的了。

我是個善忘的人，不太容易記得人們的名字和面孔，尤其不容易把一個人的臉孔和他的名字配合起來。可是，顏冷香的臉孔和名字對我卻不同，十幾年後，記憶猶新！這不能不說我對她有特別的好感，是的，顏冷香是我的好上司，好姊姊，也是我的良師益友！

當年，我因逃難而失學，可憐兮兮地憑著一紙介紹信，提著兩件簡單的行李，來到山城重慶的一個政府機關裡報到，擔任一名小小的錄事。我剛到時是星期六的晚上，管理人事的顏冷香在宿舍裡正忙著打扮外出，她吩咐我先睡她的床，說她今晚不回來，回來後再給我派定床位。

經過了一整日的路上奔波，我早已累得半死。豆油燈下，我無暇看清楚我的上司的面孔，無暇分辨床鋪的好壞，也無暇研究同房的其他人物；謝過了她，等她一轉身，立刻就把自己擲到床上，像一段沒有知覺的木頭般沉沉睡去。

醒來時發現房間是空的，窗外陽光耀眼，我不知道現在是幾點鐘，因為我腕上那隻破錶已經停了。肚裡嘰嘰咕咕的叫著，告訴我時候不早，但我又不敢離房，我走開，這房間誰看守呢？我觀察其他三張雙層床都收拾得好好的，就趕快爬起來，用心的收拾那張給自己睡了十幾個小時的顏冷香的床。她的床鋪顯然比其他的人要講究些，棉被是緞面的，鋪床的是毛巾毯，戰時有這些享受可真不容易呀！總算給我享受了一晚。她的上鋪空著。看來該是我睡的了，可憐！我的舊棉被，破毯子怎能跟她比？

「請你去吹風！」理髮師傅不知何時走了，撲克面孔的理髮小姐又再推我一把。

我站起來瞟了「貓眼」一下，她那如烏雲般的秀髮披滿了雙肩，另外一位年輕的理髮師傅在細心的給她刷著。

我被安置在那像一頂高帽似的吹風機下，腦袋四周被熾熱的風和轟隆轟隆的聲音包圍著。本來我一向是極恨極怕這種「酷刑」的，但想到我將可以有半個小時來回憶，就盡力的忍受了。

我把顏冷香的床收拾好，就呆呆的坐著。對著空寂的房間，陌生的環境，立刻，一股悽惶之感襲上心頭，我的眼睛溼潤了。我不願被人看見我哭，我眨著眼，努力把淚水逼回去；當我低頭找手帕的當兒，又再看見顏冷香的枕頭下露出的那本書，剛才收拾床鋪時已經發現，但我不敢去動的那一本。

只是一本書，看看沒有關係，我太無聊了，天知道要等到什麼時候呵！鼻子又酸了，我用手帕狠狠地擤了一下鼻子，抽出那本書，薄薄地，土紙印成的，是「雪萊詩選」。

啊！雪萊的詩！這位逍遙在夢裡，始終保持著童心的詩人正是我所崇拜的，敢情顏冷香是我的同道吧？翻開書，扉頁上有兩行蒼勁有力的毛筆字：「給冷香　汪曙於北碚」。

顏冷香的來頭可不小呵！我心裡想。本書的譯者汪曙是當時的名教授，名譯家，看他對她的稱呼，關係不淺哩！

「你昨夜睡得還好吧？」忽然間，有人站在我面前跟我說話。

抬頭一看，一位裝束入時的女郎正含笑地看著我，她那雙炯炯有神，像貓一樣的凌厲的俏眼，從那時起就深深印在我的心坎中。

「睡得很好。」我慌張地說，因為我不確知她是不是顏冷香。

「我看你就睡我的上鋪吧！反正已沒有其他的空位了。」她這句話解答了我的疑問。床的主人已經回來，我得退讓了。

我站起來，把「雪萊詩集」放回她枕頭底下。

「對不起！我拿你的書來看了。」

「沒有關係，你也喜歡讀英詩嗎？」

「是的，我在學校裡選修的正是西洋文學。」

「噢！對了，我忘記你是××大學的學生。你這樣半途停學多可惜！為什麼不想辦法讀下去呢？」她坐在床沿上，脫下腳上的高跟鞋。

「環境不許可，我想做一個時期事再說。」我低著頭說。她的話觸動了我的傷心處。

「這也好，可以先體會一些社會經驗。」顏冷香說著，就和衣倒在床上，看來，她是玩得太累了。

隔了一會兒，她看見我仍然呆呆的站著，又說：「你趁現在把行李打開，把床鋪弄好吧！快要吃晚飯了。」

「顏小姐，請問你盥洗間在那裡？我從起床到現在，還沒離開過房間哩！」我哭喪著臉說。

「噢！可憐的孩子，你怎麼不早講呢？我來帶你去。這些傢伙——」她跳了起來，環視了那幾張空床一眼。「真是自私得可怕，對於一個新來的小妹妹，就沒有一個人肯照顧一下。」她撇著嘴說，眼神鋒利驚人。

同房的其他六個人，真是形形色色，有土頭土腦的四川姑娘，有懷著身孕的少婦，也有花瓶式的美麗女郎。起初，她們以為我是顏冷香的朋友，都抱著敬而遠之的態度，對我非常冷淡；後來，當他們知道了我和他們一樣，和顏冷香不過是下屬與上司的關係以後，有關顏冷香的閒言冷語，就紛紛的灌入我的耳中。

有人告訴我：顏冷香行為浪漫，男友一日一換，叫我當心不要被她帶壞。有人用不屑的口吻說：顏冷香並不是什麼小姐，她丟下孩子，瞞著丈夫，從家鄉偷偷跑出來上大學，是個沒有母愛不守婦道的女人，根本沒有資格驕傲。又有人說：顏冷香並沒有什麼了不起的學問，她之所以能當起人事課的課長，完全是由於她學校裡某教授的推薦。「她就是那位教授的情婦呀！」最後，這位長舌女同仁用彷彿送給我一件貴重禮物似的表情向我透露了這樁祕密。

某教授，當然我立刻聯想到汪曙。這句話可能有點真實性，但是，這一切，關我什麼事呢？顏冷香浪漫也好，不守婦道也好，做人家的情婦也好，這都是她的私人行為，又何損於我們之間的友誼呢？無論如何她是我在這陌生的環境中最可以親近的人。

顏冷香每天下了班以後，照例都打扮得漂漂亮亮地出去的，其他的女同事也極少呆在宿舍裡；只有我，卻經常當守門大將軍，一盞豆油燈，一本小說，就是我從黃昏到睡前的伴侶。

這一天，顏冷香例外地沒有出去，躺在床上低低地哼著一首旋律哀怨的曲子。

「顏小姐，你怎麼不出去玩？」我從她的上鋪探出半個頭問她。

「不想出去，玩膩了。」她說。

她繼續低低的哼著，聲音很悅耳，我聽得連書也看不進去了。

「小林，」顏冷香叫著我：「我看你倒是應該出去玩玩才對，年紀小小的，一天到晚躲在屋子裡對身體不好的呀！」

「我沒有什麼地方可去。」

「來，我請你看電影去。」

「我——，不了，您自己去吧！」想到自己的一點點微薄的薪水必須儲蓄起來做將來的學費時，我不覺躊躇了，雖則我對電影異常愛好。

「別客氣啦！小妹妹，走吧！」她從床上站了起來，伸手就來搶我手中的書。

看完電影回來，在機關的大門口，我們遇到了機關裡的一位男同事褚大為。一看到顏冷香，他那兩道濃眉往上一揚，大眼睛笑成了兩彎新月，赭色的長臉佈滿了笑痕，厚嘴唇也扯得薄薄的，立刻向我們迎將上來：「兩位小姐才回來？是不是看電影去了？」

「我們去那裡你管得著？」顏冷香把頭昂得高高的，馬上給他頂撞起來。老實說，我對褚大為也沒有什麼好感，他那副粗獷的尊容，有時簡直像一頭猩猩，如今想起來又覺得他有點像安東尼昆。噢！安東尼昆，和蘇菲亞羅蘭不是正好一對嗎？都是粗線條的義大利人。

大帽子燙死了，我看了看錶，還有十分鐘才能解除酷刑。我招手叫來一個小學徒，叫他把熱風調節好；又看了看那位貓眼的東万蘇菲亞羅蘭一下，理髮師傅已給她梳好了一個古典式的高髻。此刻，她正平伸著她的纖纖玉手，讓修指甲女郎為她塗抹蔻丹。

那個晚上，安東尼昆，不，是褚大為，他被顏冷香頂撞了一句，非但沒有著惱，反而死皮賴臉地跟我們扯三搭四的。最後，他還涎著臉說：「相請不如偶遇，我看，讓我請兩位小姐吃一頓宵夜如何？」

顏冷香的貓眼看了我一下，又推了推我的肩膀，頑皮地說：「小林，褚先生要請我們吃宵夜，走呀！」

我沒有回答，因為我不喜歡看褚大為猩猩似的長臉。可是，顏冷香一逕推著我，拉著我；她到底是我的上司，年齡又長於我，我對她多少有點敬畏的成份，無奈何，只有跟著他們走。那一夜，抄手、鱔魚麵、粉蒸肉……，把我那因吃公家伙食而經常餓癟的胃囊填得滿滿的。

以後，我又奉命的吃了幾次褚大為作東的宵夜，叨陪末座的跟他們看了幾次電影。起初，顏冷香是好玩性質的，對褚大為只用嘻笑怒罵的態度相待。可是，相貌似猩猩的粗獷男人又有他的一手，不久，情勢明顯化了，我再無知，也看得出我不應再在他們之間夾蘿蔔乾。我不再服從顏冷香在公餘對我發出的命令，從此我不再陪他們一起玩。

我依然每夜獨自守在宿舍裡，我默默地觀察，發覺顏冷香是在戀愛了。她凌厲的貓眼變得溫柔起來，對大夥兒也和氣得多；她每夜很晚才回來，床鋪老是那麼凌亂，床邊地上常有些被踐踏得汙泥斑斑的未曾開封的信，那本「雪萊詩選」也遭遇到同樣的命運。

一夜，她破例沒有整裝外出，卻邀我和她去散步。

「小林，我們也許快要分手了。」才走出大門，顏冷香就這樣對我說。

「你要離開這裡嗎？」我有點吃驚地問。

「嗯！我要結婚了。」她轉過臉來，向我嫣然一笑——一個極美的微笑。

「和誰？」我一面問，心中一面現出了褚大為猩猩似的面孔。

「你覺得褚大為這個人怎麼樣？」她沒有正面回答我。

「我——我不知道，我不清楚他的為人。」我訥訥地說。

「你不說我也知道，由於他的外形，很少人對他有好感的，尤其是女孩子們。其實，他這人並不壞，就是太粗線條一點，不過，這才是個真正的男人！」說著，她又抿著嘴嫵媚的一笑。

「你要和他結婚？」

「是呀！你不反對吧？」她一直是笑嘻嘻的。

「我怎敢反對？恭喜你了。」我的聲調很冷淡。

「我走了你一定更寂寞了，小林，我真不忍心丟下你。」她拉起我一隻手搖晃著說。

我不做聲，心裡想，難道你為了我就肯留下來。

「她們有對你講我什麼沒有？」歇了一會兒，她又問。

「誰？」我真給她問得糊塗了。

「同房間那些長舌婦們！」她的聲調非常的堅定。在路燈的燈光下，我看到她的貓眼睜得大大的。

「她們一天到晚就喜歡講別人閒話，但我很少去聽。」我再度騙她。

「小林，你其實也不必瞞我，我聽了不會生氣的，閒話我聽得太多了，有人跟我說說，心裡反而會舒服一些。」她立定下來，雙眼凝視著我，彷彿是兩道探空燈，使我無所遁形。

「她們——她們說——」我就是說不出口。

「我替你說吧！她們說我浪漫，說我奢侈，說我不要臉，是不是？」她立定在路旁，聲音愈說愈大，貓眼圓睜，一副咬牙切齒的模樣。

「顏小姐，你別生氣，她們並沒有說得那麼嚴重。」我柔聲的勸慰著她。

「是的，我不應該生氣，嘴巴是她們的，我既然沒辦法堵住它們，又何必為這些閒話而動肝火呢？小林你走累了吧？我們來找個地方坐坐。」

她拉我走進路旁一間甜食店裡，叫來了兩碗銀耳湯。她用小調匙輕輕地撥弄著碗裡的銀耳，幽幽的嘆著氣說：「以後，也許我不能吃到這裡東西了。」

「你要到那裡去？」我問。

「加爾各答。」她的貓眼閃耀著光彩。

「這麼遠？」我又是吃了一驚。

「是的，他家世代都在那裡做生意，他現在厭倦了這裡的戰時生活，要回他的老家去了。」

「能到外國去走走，倒是很不錯的！就是太遠一點了，你捨得你的親人嗎？」我不覺也悠悠然嘆息起來，覺得銀耳湯彷彿有點苦澀的味道。

「親人？我有幾個值得留戀的親人？」她冷笑了一聲。

「你的父母呢？」對她的身世，我真的有幾分好奇。

「他們是一對把兒女當商品的父母，他們為了貪圖豐厚的聘金而把我嫁給一個抽大煙的富家子。小林，那些閒話都是真的，我恨我那個抽大煙的丈夫，我忍心的丟下一對可愛的兒女跑出來了。」顏冷香說到這裡，聲音突然變得哽咽起來：「他們現在應該已有六七歲，他們才是我在世界上唯一的親人呵！」

她的眼神黯淡了，我不知說什麼安慰她好；是她又接下去說了。

「是的，我是浪漫的，奢侈的，因為我要補償過去的痛苦。我也很厲害，是不是？那是因為我恨一切的人，我要向社會報復，連汪曙那老頭子也被我玩弄得服服貼貼的，想來真有趣！不過，褚大為是不同的，我真心愛他。小林，也許你還沒有戀愛經驗，你不知道，像他那樣會體貼女人的，真是少有的啊！」

黯淡的眼神又閃閃發光了，談到她的愛人時，她變成一隻馴善的家貓。理髮小姐來摩了摩我的頭髮，解除了我的酷刑。我回到剛才的座位中，要找尋隔座那位美麗的貓眼女人時，人去位空，她早已不在了。

理髮師傅來替我梳髮，我的心情一直悵惘不安，因為我想起了顏冷香的事。她和褚大為的婚禮我沒有參加，因為她在和我出去散步的幾天以後，勝利便已來臨，我立刻就急不及待的回到住在川黔邊境的一個小鎮上的父母身邊去了。

四年後，我在上海再遇到她時，已是大陸淪陷的前夕。她老了，瘦了，也醜了，貓眼黯然無光，當年顧盼神飛的俏麗風姿消失得一乾二淨。我們在一間咖啡室中暢敘離情，不待我開口，她就坦白的告訴我，她已離開褚大為。她說他是獸性很重的人（我想，我本來就覺得他像隻猩猩嘛！），有著虐待狂，常常打她，她本來懷了他一個孩子，也因此而流產了。

我伸手去握著她枯瘦的手，搖頭嘆息，表示同情她的身世；但是，她臉上的表情，卻出奇的平靜。

「我不怪他，也不恨他，沒有人強迫我嫁給他的嘛！誰叫我當年被他的粗獷作風所迷呢？人性和獸性原來就沒有多大距離，粗獷，不就代表著獸性的一部分嗎？」一面說一面緩緩地用湯匙攪動著杯子裡的液體，聲調是那麼平和，使我不由得不佩服她的涵養功夫。

「那你現在的生活——」我關心的問。

「我有一份小小的差事，足可以糊口。」她笑了笑說。

「你還是再物色一位理想的對象吧！」為了表示我已長大，已懂得很多，我貿然的說。

「不啦！我沒有這興趣，也沒有這勇氣了。」她慘然一笑，在這一剎那間，我發現她很老。分手時，她抄了一個地址給我，但我竟沒有機會去看她；時局的混亂，已使人無暇去顧到友情了。

理髮師傅拿著一面鏡子在我後面晃來晃去，我才猛然醒悟，我的頭髮已經做好啦！頂著一頭硬硬板板的頭髮，我迷迷惘惘地走出了美容院的大門。在樓梯頭一個黑暗角落裡，我看到兩點綠色的光在閃耀著，接著，一隻老而瘦的黑貓跳了出來，衝著我咪咪的叫了兩聲。

牠的眼睛多美呀！

她的祕密

牆外，白熱的炎陽，在燒烤著它所接觸到的一切；牆內，綠樹濃蔭，只是疏疏地灑下些碎金似的日影；綠紗窗內，卻又是另外一個清涼世界。

南風從紗窗的每一個紗眼中吹進室內，吹動了白紗的窗簾，吹動了瓶中的插花，也吹動了伏案握管的紫菱的頭髮和裙裾。

「好一個清涼的夏日的午後！我又開始了我每天爬方格子的工作，……。」她這樣寫著。

「啊！不對，夏日的午後怎會是清涼的呢？」她把「清涼」兩個字劃掉，皺著雙眉，凝視著窗外。園中一簇紅色的美人蕉，正亭亭地向她含笑。

「本來就是清涼嘛！在這間屋子裡，不用開電扇，也是涼風習習的，難道我不能這樣說？這是寫實呀！可是，我該怎樣去描寫去解釋我的夏日清涼的呢？」

她咬著筆桿，想來想去，怎樣也想不出一句適當的句子；於是，她搖搖頭，站起身來，去把放在牆角的電唱機打開，放了一張蕭邦的圓舞曲集，然後坐在一張沙發上，閉目聆聽，她覺得這是培養靈感的好方法。

唱片的一面放完了，又換了一面，她的靈感還沒有來臨。大門外，有腳踏車經過的聲音，信箱中也似乎有東西丟進。她欣喜地奔跑出去，打開信箱，不錯，信箱裡有兩封信，一封是電費通知單，一封是她丈夫的母校校友會的開會通知，她所期待的信，並沒有出現。

剛才的興致沒有了，靈感更是在遙遠的天邊，她垂頭走回室內，坐在書桌前，拉開抽屜，取出一個裝潢得很精美的糖果盒，打開蓋子，珍重地拿出一疊信來。這些信封，一律都是××報的，蒼勁有力的字跡寫著丁香先生收。

一看見這些字跡，她臉上的愁容就消失了。她撫摸著這些信封，像撫摸著愛人的面孔；然後，又小心翼翼的把第一封信抽了出來。

「丁香先生：

謝謝您對本刊的愛護，也謝謝您的賜稿。尊作在短期內當可刊出，以第一次寫作而有這樣的成績，真是難能可貴，希望在百尺竿頭，更進一步，為我國未來的文壇，放一異彩。此祝

筆健

編者　×月×日」

這是紫菱用丁香這個筆名，投出她第一篇散文「心禱」得來的美滿的收穫。由那蒼勁的筆跡和親切的回信，她想像那位編輯先生一定是一位和藹可親的長者。

第二封信：

「丁香女士：

知道您是一位年輕的家庭主婦，因為愛好文藝，每天在操持家務之餘從事寫作，更令我欽佩不已。

替您修改稿子我不敢當，恐怕也沒有空；不過，作為一個刊物的編者，對所有登出來的稿子都是必須細看一番的，我當竭盡所能，使大作更趨完美。對我為您更改的題目同意否？

最後，我要求您不要自稱『晚』，那太客氣了，我當不起！我的年齡也許比您大了許多，但決沒有當長輩的資格。祝

文安

編者　×月×日」

他，這位編輯先生，到底是什麼樣子的一個人呢？從他的字跡上看來，一定是中年以上，但他又說沒有當長輩的資格，那麼，他也許還沒有到中年，就像達仁一樣，正在壯年吧！不過，他決不像達仁這副粗壯結實的樣子；他應該是個白白淨淨，瘦瘦的，架著近視眼鏡的文弱書生。不，現代的書生不一定要文弱，他也許長得很帥，起碼會有一股瀟灑的勁兒。

唉！我為什麼要想得那麼多？這位編輯先生的樣子關我什麼事呢？她的臉悄悄地紅了，把其餘的信收好，又從糖果盒裡拿出三塊剪報來。

這是她全部的作品，也通通是在××報上發表的散文。她剛剛開始學習寫作，寫得很慢，也寫得很細心，很用心；每天午後，當達仁上班以後，在這幽靜的小天地中，她辛勤地用她的筆耕耘著，終於，她有了應該得到的收穫。

窗外，綠蔭搖曳，美人蕉亭亭向她含笑；重讀著她那些已經變成了鉛字的作品，心頭一陣安慰，忽地靈感如泉湧來，在習習涼風中，她振筆直書……。

她沉湎在自己筆尖的情感中，這一篇寫得很流暢。幻想著編輯先生將會給她一封帶著鼓勵和誇獎的語氣的來信，她在心中笑了。

「鈴……」一陣悠長的鈴聲把她從遙遠的夢中喚醒。是門鈴聲，誰來了呢？莫非是郵差送掛號信來？如果是稿費，……她眼前一亮，彷彿看到那套灰綠色的達克龍西服已穿在達仁的身上。

奔跑著出去開了門，她不禁大吃了一驚，是達仁回來了？他扶著腳踏車站在門外，棕色的方臉淌著汗，但眼睛裡充滿笑意，雪白的牙齒閃閃發光。

「你下班了？這樣早？」她面對著他，吃吃地問，心裡因為還沒有準備晚飯而發急。

「早？怎麼會？不是已經六點二十分了嗎？」達仁看了看錶，面上露出詫異的表情。

「那大概是我看錯鐘了，我還沒有做飯哩！」她靦腆地低著頭，想起了桌子上尚未收拾好的稿子，便又飛奔進去。

達仁把車子推進院子裡，打開信箱，取出裡面的一封信，看了一看，皺著眉搖了搖頭，就走進屋裡，大聲叫：「紫菱！」

「我在做飯咧！什麼事呀？」她在廚房裡應著。

他走進廚房，舉起手中的信對她揚了一揚說：「信箱裡有一封丁香女士的信，恐怕是別人把門牌號數寫錯了，你認識這個人嗎？」

紫菱看到信封，心裡一驚，脫口就說：「信是我的。」說著，放下手中的鍋子，就要來搶信。

達仁本來要給她的，看見她急成這個樣子，不禁起了疑心，就反而把信拿緊不放，盯著她說：「這是你的信？丁香是你？」

「不——不是我，我的意思是說我一個同學的，她托我轉給她。」她喃喃地說，眼睛不敢望向他。

「是你同學的？信封上為什麼不寫你轉？」他疑惑地看著她，又看了看信。「是××報的，丁香，我沒聽過你有這個同學呀！這像男人的字跡，難道她的情書要由你轉？」

她低著頭，臉孔因為發急而脹得通紅。此刻，她不知道是否要把這謊言繼續編下去？

他又再細看她一眼，臉上的疑雲更濃了。他大聲地說：「紫菱，老實告訴我，這是誰的信？」

「我不知道，也不能告訴你。」她哭了，衝出廚房，奔到臥室中，撲倒在床上。

她的哭更惹起他的疑心，他跟進房間內，坐在床沿，不放鬆地又問：「你說不說嘛？不說我就要拆開來看了。」然後，又自言自語似的說：「哭，並不是解決一件事情的最好方法，為什麼不說話就先哭起來呢？」

他的話並沒有止住她的眼淚，相反地，她雙肩抽搐的更厲害了。

「喂！說不說嘛？我要拆信了。」他急躁地搖著她的肩膀，一面死盯著那隻信封，彷彿從那上面可以看出妻子的祕密。

「不，你不能看，你沒有拆看別人信的權利。」她忽地翻身跳起來，一把搶去他手中的信。

他先是愣住了，一向溫柔的她變得多麼潑辣呀！接著，他勃然了，她這樣珍視一封別人的信，而且處處瞞著他，還會有什麼正當的理由嗎？

「好，我不看，但是，我已知道裡面寫的是什麼。」他站起身來，用充滿著哀傷與妒恨的眼光瞥了她一下，就往外走。

「你要到那裡去？」她怯怯地問。

「吃飯去，我肚子餓了。」他頭也不回的說。

「達仁，你別走，我馬上去燒飯。請你相信我，我沒有做過什麼對不起你的事，你別氣成這個樣子。」她赤腳走下地來，追上了他，使勁地勾住他的臂膀。

她稚氣的舉動使他心裡暗暗發笑而動了憐愛之心。他用另一隻手把她拉到懷裡，低頭吻著她的鬢髮，溫柔地說：「那你得告訴我信是誰寄來的？為什麼不寫你的真名？」

「我——我還是不能告訴你，達仁，請你……。」她的話還沒有說完，達仁已放開了她，大踏步走了出去。

她痛哭著倒在床上，撿起信來，厚厚的一疊，心知不妙，硬著頭皮拆開一看，果然是退稿，編輯先生附了一張便箋在內，說明要退的理由，並請她再接再勵，切勿灰心。

這打擊對她不算小，投稿以來，這還是第一次碰壁呵！與達仁的失和加上退稿的刺激，她真是傷心得五內隱隱作痛。黃昏已悄悄地逝去，黑夜的影子從窗外爬進了室內，室內的一切已模糊得看不清，週遭也更加寂靜；她躲在黑暗中，盡情的哭著，直至眼睛酸澀得睜不開。

也不知過了多久，一陣突然的亮光刺著她的眼皮；她揉著紅腫的眼睛，悠悠然地才從另一個世界醒來。

一隻大手柔撫著她的頭髮，柔撫著她的肩背；她知道這是誰。像個受盡委屈的孩子，她再也忍不住了，翻過身來，撲倒在他溫熱的懷裡，讓已乾的淚水又盡情傾瀉出來。

他摟著她，沒有講話，他要給她哭個痛快。他輕輕吻著她的額角，她抽噎著問：「你喝酒了？」

「唔，喝了一點。」

「你生我的氣了？」她知道他一向喜歡以酒澆愁。

「剛才真的有一點，但現在不了。」

「為什麼？」她從他的懷中掙扎出來，瞪大了眼睛問，兩滴淚珠猶自掛在眼角。

「因為我知道了一件事。」他微笑著，通紅的方臉上帶著神祕的表情。

「你知道了什麼？」她的眼睛瞪得更大了，兩滴淚跟著滾了下來。

「紫菱，我錯怪了你。」他歉然的說，一面從衣袋裡取出封信交給她：「原來你已是一位作家，真了不起！但你為什麼要瞞著我呢？」

又是××報寄給丁香先生的信，薄薄的，信封上面印著印刷品三個字，信封的字跡也不同；不用打開，她就知道那是稿費通知單，她猜那是她第三篇稿子的稿費。

「你打開過了？」她望著他，不好意思地問。

「是的，這是我頭一次偷開別人的信。我喝了酒回來，在信箱裡又發現了這封信，當時，我真恨不得進來把你痛打一頓。後來，我看見了印刷品三個字，我想，印刷品不算是信呀！如果我再攪不清楚這是怎麼一回事，我一定會發瘋的，於是，我就——，紫菱，你到底寫了些什麼文章？為什麼不給我看？」他輕輕地搖撼著她的臂膀。

「我怕你笑我。」她的頭俯得低低的。

「笑你？我怎麼會？就憑我這個一身橫肉的粗漢敢笑你？我還不會寫哩！」他傻笑著。看見他那憨態可掬的樣子，她也笑了。她伸手去捏了捏他堅實的臂膀，嬌罵著：「你這個粗漢，倒挺會吃醋的呀！」

她這句話提醒了他一件事，他問：「那另外一封信呢？那又是什麼？」

「你還是不能看的，那是退稿。」

「什麼？他們退你的稿？編輯是誰？太可惡了！」他傻裡傻氣地嚷著。

「我還不認得那位編輯先生哪！退稿有什麼稀奇。」她表面裝得很平靜地說，內心裡卻隱隱作痛。

「他叫什麼名字？那封信現在總可以給我看了吧？」

「你看吧！」她懶洋洋地抽出那張薄薄的信紙遞給他。她想：橫豎他能看到的只不過是「編者」兩個字，讓他看看又何妨？

「江籬？這個名字我好像聽見過呢！」他認真地仔細地讀著信，一面喃喃自語。

「什麼？江籬？你提她幹嗎？」她幾乎是跳起來了。

「這信就是江籬寫的呀！你剛說不認得他，現在卻又這樣興奮？」他瞅著她，滿面疑惑。

「你說這是江籬寫的信？快給我看。」她彷彿從來沒有看過這封信一樣，又驚奇又高興地從他手裡一把搶了回來。

「原來就是江籬編的，我多粗心，剛才竟沒有注意到這個簽名。多好！我居然和一位我所崇拜的作家通了幾次信！」她把信抱在胸前，自言自語著。

「江籬是誰？」他粗聲粗氣地問，眼中充滿了妒恨之色。

「名作家。」她驕傲地回答。

「他多大年紀？」他的眼睛快要冒出火來了。

「不會超過中年。」

「紫菱，你怎可在丈夫面前做出這種事來？信交給我，我要拿去燒掉它！」他聲色俱厲地說。

「為什麼？我有什麼不對？」丈夫的態度使她驚嚇了，她惶惑地問，一面把信抱得更緊。

「我相信你已愛上這個陌生人了。」他冷笑一聲，臉孔鐵青鐵青的。

「達仁呀！你這個吃醋大王呀！」她笑起來了。她一面說一面笑，一直笑到眼淚流了出來。

「有什麼好笑？我恨他奪去了你的心。」他仍然板著臉，不過聲調已軟了下來。

「你這個孤陋寡聞的人真不怕被人笑掉了牙！江籬是鼎鼎大名的女作家，你居然不知道？」她還是笑個不停。

「我聽是聽過這個名字，但我不知道是個什麼人。」他低著頭，訕訕地說，棕色的臉上泛起兩朵紅暈。

「還吃醋不？」紫菱站起身來，踮起腳尖，用嘴巴湊到他耳朵旁邊愛嬌的問。稿費單被她不小心碰掉在地上。

「你真壞！把我捉弄得好苦！」他撿起稿費單，一面乘機摟住了她。

「活該！誰叫你這樣多疑善妒？」她說著又向他伸出手：「稿費單還給我。」

「哎喲！瞧你吝嗇成這個樣子，難道怕我吞沒了不成？」他笑著說。

「不是怕你吞沒，而是我自有用途。」

「你要用來做什麼？」

「這是我的祕密，暫不發表。」

「你的祕密真多！」他笑著捏了捏她小巧的鼻子。

「達仁，我肚子餓，怎麼辦？」她突然呻吟著說。

「我知道你會餓的，正好給你帶了沙拉麵包回來了。」

游魚之夜

在車海裡，無數的魚在游弋著。

穿著西裝和革履的魚，穿著旗袍和高跟鞋的魚，穿著阿哥哥裝和鏤空涼鞋的魚，穿著學生制服和球鞋的魚，穿著咔嘰褲和木拖板的魚……大魚、小魚、黑魚、白魚；肥碩的魚、苗條的魚；敏捷的魚、遲鈍的魚……車海裡有太多太多的魚，魚兒們在車海中撞來撞去，擠來擠去；壅塞的交通像是海裡交纏著的水草，阻礙了魚兒們的活動，魚兒們感到像在水箱中游泳一般，好像快要窒息了。

喬楓今夜也是車海裡的一條魚。他無目的地在黃昏的電影街上游弋著，從這條街游到那條街，然後又從那條街游到這條街，循環著，彷彿有一條無形的軌道在限制著他。

他不知道自己為什麼離不開那道無形的軌道。也許是想藉著這裡熱鬧的氣氛沖淡心中的寂寞吧？然而，他心中那份寂寞感卻像是一隻無形的巨手，緊緊的把握著他，怎樣也揮不去。

魚兒在車海中游弋著，無目的地，游來又游去。不，也許他們有著一個共同的目的——名與利，又有誰敢說不是？

喬楓也在車海中游弋著，不過，他是有目的的，他要在這個擠滿了魚兒的車海中排遣他心頭的寂寞，他要在霓虹燈的閃耀下的電影街頭尋找歡樂。然而，歡樂似乎並不屬於他，歡樂只屬於那些陪伴著嬌妻，挽著愛人臂膀的幸福的人們，歡樂離開孤家寡人一個的他很遠很遠很遠。

一陣食物的香味刺激著他空虛的胃囊，此刻，他才忽然醒悟自己還沒有吃晚飯哩！舉起手腕看看手錶，才不過六點四十二分。時間為什麼這樣難「殺」？他下班的時候是六點整，從辦公廳一路蹓躂到這裡，兜了不曉得多少個圈子，怎麼才只「殺」死了四十二分鐘呢？

落寞地，他背抄著手順著腳步走進一家小吃館，坐下來，才發現那是自己很少嘗試的臺灣點心。正想退出，胖胖的老闆娘已咧開鑲滿金牙的嘴巴笑哈哈地站到他的桌前。

「先生，要吃什麼？」她操著生硬的國語問他。

糟糕了！吃什麼好呢？喬楓望著牆壁上貼著的價目表：「蚵仔煎」、「肉羹湯」、「咖哩飯」、「油飯」、「肉羹麵」……，除了咖哩飯以外，他完全不懂那是什麼。就吃咖哩飯吧！既來之則安之，管他好吃不好吃。

咖哩飯很快就送上來，黃澄澄的色澤，香噴噴的味道，引起了他的食慾，憑著臆測，他又要了一碗肉羹湯，很稠很稠的濃湯，裡面是一片片淡白無味的豬肉，喝了兩口，就把剛剛引起的食慾消退了。勉勉強強的吃了半盤子混著黃色汁液的飯，填飽了肚子，就離開了那家充滿了油煙味的小店。

對門那家鐘錶店的每一面鐘，都是短針指著7，長針指著1，吃完一頓「飯」了，才不過又「殺」死了十幾分鐘。到那裡去玩呢？這個黃昏如何度過？

本來，去看一場電影，消磨掉兩個小時，是最理想的辦法。但是，今天在辦公廳裡，他閱遍報紙上所有的電影廣告，不是「鏢客」，就是「間諜」，這都是他不屑一顧的片子，看樣子，電影院老闆今晚是沒辦法賺得到他腰包裡的鈔票的了。

到那裡去好呢？總不能整個黃昏在街上逛，像一條魚似地無目的地在海水中游弋，也不能這麼早就回到單身宿舍裡獨守空房呀！

他又投身在魚兒如織的車海裡。霓虹燈在閃爍著。汽車的喇叭在吼叫著，商店的擴音機扯大著喉嚨；魚兒們在游弋，魚兒們在亂竄；夜之都市是熱鬧的。然而，這熱鬧並不屬於他，在這喧鬧中，他仍然感到像處在沙漠中一般的空虛寂寞。

身後的魚兒擠著他，像被海潮沖到岸邊似的，喬楓身不由己地從原來的街道來到了另一條街道。這裡的霓虹燈更璀璨，市聲更喧鬧。喬楓偶一抬頭，卻發現自己已來到一家歌廳的門口。

大幅大幅的歌星照片在向他展開迷人的笑靨，金碧輝煌的大門似在向他招手。歌廳，好誘人的地方！我還沒有進去過呢，為什麼不去開一次洋葷，讓那些迷人的歌聲以及紅唇媚眼，伴我度過這個寂寥的黃昏？

他擺脫了身畔擠著他的魚兒，到售票口買了一張票，投身到了那個熱烘烘的，煙霧迷漫的，充滿著懶洋洋情調的地方。還沒有進去以前，他以為歌廳的佈置一定是在台下擺著很多小圓桌，一張圓桌圍著幾張椅子，聽眾們就圍著圓桌聽歌。誰知道，這家歌廳的座位卻像戲院一樣，是一排排的，排得很密，坐得很擠。他的座位就是夾在兩個胖子中間，幾乎動彈不得。他覺得：他是從車海游到人海裡來了，所不同的，只是這裡的魚兒都是靜止的罷！

在暮春之夜的歌廳裡，喬楓一面擦著額上的汗珠，一面觀察著週遭的環境。喝！在朦朧的彩燈下，整個大廳座無虛席。那裡來的這麼多魚兒呢？魚兒為什麼都擱淺在這裡？

台上穿著紅色上裝的樂隊已經在開始演奏了，喇叭懶洋洋的，正配合了這裡面的氣氛。一個穿著銀色夜禮服，面容甜美，落落大方的少女走上台來，手執麥克風，微笑著啟了口：「各位來賓，謝謝你們的光臨。今天晚上，我們的第一個節目是美美小姐的歌唱。現在，我們歡迎美美小姐出場。」

甜美大方的司儀小姐娉娉婷婷地退到台後；緊接著，一個披著一頭長髮，穿著一身火紅的，滿臉濃妝的女郎就款擺腰肢走上台來。她那雙塗著藍色眼膏的眼睛，風情萬種地向台下的觀眾一掃射，立刻就張開那血紅色的嘴巴，嗲聲嗲氣地自已報出歌名；在樂聲中，她扭著肥大的臀部，開始唱出了一首很熱情的歌。

又是一條魚！是一條紅色的，養在玻璃缸裡供人賞玩的金魚或者熱帶魚！不知怎的，歌女美美一上台，喬楓就有著這種感覺。為什麼？為什麼？到處都是魚！外面的魚兒在車海中擠來擠去，這裡的魚卻是陳列在玻璃缸裡面。

紅色的魚一共唱了三首歌，三首歌都很熱情；每一次，都贏得了熱烈的掌聲。紅色的魚低頭向聽眾致謝，一頭濃黑的長髮倒垂下來，像一匹小瀑布，流瀉到了她的腰間。

靡靡的歌聲、靡靡的樂聲、溫暖的空氣、迷漫的煙霧……一條條的金魚、熱帶魚、美人魚，上了台又下了台。火紅的、翠綠的、豔紫的、金黃的、銀灰的、花花綠綠的……魚兒的顏色都不同；但是，她們的歌聲卻一樣，嗲聲嗲氣的、令人發膩的。她們的眼睛也一樣：塗著藍青色的眼膏，嘴唇也一律猩紅。

本來就對流行歌沒有好感的喬楓在歌聲、暖氣和煙霧中睡著了。他的頭靠在軟軟的靠背上，睡得很舒服，而且還不住的在做夢。在夢中，他看見很多很多美麗的、彩色的魚兒在透明的碧海中游向他，圍攏著他；然後這些魚兒又變成一個個美人兒……。

他把頭枕在一個美人兒的香肩上，正在陶醉在溫柔鄉中時；忽地，他被人狠狠地用力一推，美人兒轉眼全都不見了。

他迷迷糊糊地睜開了眼睛，坐在他右側的那個胖子正狠狠地瞪著他。難為情的揉了揉眼睛。靡靡的歌聲怎麼忽然沉寂了？取而代之的卻是一陣緊似一陣的鼓聲，而四周是這麼黑暗，怪不得我睡得這麼死啦！

台上的一團白光是什麼？他再度揉了揉眼睛。這才看清了那是一個女人晶瑩的肉體。那女人在上圍與下圍兩個地方裝飾著兩條細得不能再細的銀紅色的有著流蘇的薄紗，正隨著鼓聲拼命的扭動著，全身的白肉都在顫抖。喬楓發現，坐在他兩旁的胖子都看得目不轉睛，嘴巴張得大大的，似乎快要流出口水來。

啊！又是一條魚！一條幾乎掉光了魚鱗的肥魚，而台下仰頭流涎的正是一些想把肥魚吃進肚裡的食客啊！

一陣嫌惡，一陣噁心，他的睡意全消。忽地站了起來。差一點把擱在前面椅背後架子上的一杯茶打翻。然後，在鄰座胖子的瞪視中，他從他們的身邊擠了出來，離開了台上那條又肥又白的魚，離開了急遽的鼓聲，離開了煙霧迷漫的令人窒息的熱空氣，走出場外。

呀！車海不見了，擠來擠去的魚群不見了，五彩的霓虹燈寂寞地在夜空中閃耀著（寂寞一如他的心），夜街上冷清的空氣多清新（他從來不曾有過那樣的感覺）。抖落了兩個鐘頭以前在車海魚群中的苦悶以及剛才在歌廳中的抑鬱，他踏著輕快的步伐回宿舍去。

也許還是一條魚，但如今他是一條自由自在的魚，在廣闊的大海裡游弋著。也許他還是很寂寞，但是，並不憂鬱，反而覺得這份寂寞對他正是一種享受。

市街漸遠，夜色漸深。他輕輕地哼起那首「寂寞的心」：「唯有寂寞的心，能夠知道我的憂傷……。」他覺得：這首歌比起歌場中那一首一首靡靡之音好聽得多了。

沒有交纏著的海草，沒有太多的擠來擠去的魚兒，沒有令人窒息的車塵與煙霧，沒有使人心煩的都市噪音，喬楓變成一條快樂的魚兒，在寂寞的海中游弋著。

赤腳的孩子

望著文雄邁著大步離去的碩壯的背影，倪問九的鼻頭感到一陣辛酸，眼淚也不由得簌簌地落了下來。連自己也覺得奇怪，除了二十年前在家鄉跟他的娘分別時哭過一次外，這些年來都不曾掉過半點眼淚，想不到文雄的出國卻惹得他哭了，這孩子在他心中的分量竟是如此的重？他掏出手帕揩乾眼淚，擤了擤鼻涕，把身體靠在靠椅的靠背上，注視著書桌上豎立著的鏡框裡面文雄的照片。那是文雄在前年送給他的畢業照，方帽下的寬臉是多麼的淳樸！多麼可愛！一雙烏溜溜的眼睛閃著亮光，就像他小時那個樣子。

他想起了二十年前第一次看到文雄時的情景。那次是他剛到臺北的第二天，住在公家宿舍裡。早上剛起床不久，他聽見有人在敲他的房門，打開門一看，有一個衣服破舊、赤著腳的小男孩站在走廊上，後面跟著一個年輕的女人，女人手中提著一籃衣服。

「先生，你要洗衣服嗎？」小男孩仰著頭，睜著一雙亮晶晶的眼睛，操著不大純正的國語對他說。

倪問九覺得這孩子怪有趣的，就低下頭去問：「你這麼小會洗衣服？」

「不是我洗，是我媽媽洗的。」孩子指著身後的女人說。

女人立刻彎身向倪問九鞠了一個九十度的躬。

「好吧！我交給你們洗。」倪問九點了點頭說。

「先生，謝謝你！」小男孩很懂事地說。說完了，母子倆又向他作了一次九十度的彎腰。他們的多禮，使得倪問九感到很不慣。

當天晚上，小男孩一個人把洗乾淨的衣服送回來。他還是提著早上他媽媽所提的大籃子，裡面放著一份份乾淨的衣服，上面用白布蓋著。倪問九看見他提得很吃力，就問：「你媽媽替很多人洗衣服嗎？」

「是呀！你們這間宿舍裡所有的人，還有巷子裡好幾個人家都找我媽媽洗，因為我媽媽洗得乾淨。」小男孩仰著頭，得意地回答。

看著孩子那張紅褐色的圓臉，倪問九又問：「你入學了沒有？誰教你說國語的呀？」

「我已經讀一年級了。還沒有上學以前，我就會講國語，是你們這裡的伯伯叔叔教我的。」孩子很伶俐的回答。

倪問九覺得自己漸漸喜歡這個孩子了，他又問：「你叫什麼名字呢？」

「我叫蔡文雄。」孩子回答說。他怕倪問九聽不懂，又問倪問九要了紙筆，寫給他看，筆畫雖然寫得歪歪斜斜，但是也還清楚，寫完了，孩子問他：「那麼，先生，你的名字呢？」

「我嗎？你叫我倪叔叔好了。」倪問九微笑著說。

蔡文雄起初發不出「倪」字的音，叫他「李叔叔」；倪問九懂得注音符號，他把「倪」字的拚音寫給蔡文雄看，孩子馬上就很準確的說出來。

那個時候，本省同胞會講國語的不多，剛到臺灣來的倪問九感到很不習慣。他問孩子：「蔡小弟，你今天晚上有空嗎？」

「有空。倪叔叔，有什麼事嗎？」孩子睜著兩隻大大的眼睛看著他。

「我想你陪我去買點日用的東西，好嗎？」

「好呀！我最喜歡去踢土的了。」孩子興高采烈地說。

「什麼叫踢土？」倪問九問孩子。

「踢土嗎？」孩子歪著頭想了半天才回答得出來：「踢土就是去玩。」

「好！晚上我們兩個人踢土去。」倪問九哈哈大笑。他頭一次學會了一個閩南語的詞彙。但是，到如今廿年來，他還不能講出一整句閩南語，甚至聽得還不十分完全。

倪問九吃過晚飯不久，蔡文雄就來了。他換穿了一身洗燙得很乾淨的學校制服，本來光著的小腳鴨子上套著一雙木屐，一進門，就開心地裂著嘴傻笑。

「倪叔叔，我們走呀！」他把倪字說得很用心。

「好！可是，你穿著木屐怎麼走法呢？」倪問九說。

「為什麼不能走呢？媽媽帶我上街我都是穿木屐的。」

「你為什麼不穿鞋子？」

「我沒有鞋子。」

「啊！」倪問九摸了摸孩子的頭，一面就坐在玄關上繫鞋帶。「我們走吧！」

大小兩個人走進了夜的市街。倪問九牽著孩子的手，孩子的木屐聲閣閣閣地在他的身邊響著，他看著路旁的日式房子以及賣日本料理的小店，不覺起了異樣的情懷。

在一家洋貨店裡，他買了一瓶髮油和一盒牙籤；然後，當他想買一包萬利刀片時，卻是跑了幾條街道都買不到。

最後，跑累了，倪問九帶著孩子走進一家小吃店。他問孩子要吃什麼，孩子毫不考慮就說花生湯。他瞥了一眼價目表，知道花生湯是最便宜的一種，心中便有了主意。

他問：「你最喜歡吃花生湯嗎？」

「因為我只吃過花生湯。」孩子一本正經地回答。

於是，他要了花生湯，又要了紅豆湯和糕餅，把一張小桌子堆得滿滿的，也把孩子的肚子撐得滿滿的；假使他不是怕吃壞了孩子，假使那家小店不是只有這幾種食物，他真想再多要幾樣。

看著孩子狼吞虎咽地吃完了，他微笑著問：「好吃嗎？」

「太好吃了！我從來沒有吃過這麼多好吃的東西。倪叔叔，你真好！」孩子露出滿足的笑容，衷心地向他感謝。

他的眼睛溼潤了。一碗花生湯、一碗紅豆湯、幾塊糕餅，就已使得孩子如此滿足！

「文雄，你媽媽沒有帶你出去踢土嗎？」他問。

「很少。我媽媽要洗衣服，很忙嘛！」

「那麼，你爸爸呢？」

「我沒有爸爸。」

「為什麼？」他吃驚地問。

「我爸爸死了，是被日本人拉去打仗打死的。」孩子很平靜地像背書似的在說。也許他太小了，對死去的父親毫無印象，根本不懂得悲哀。

「啊？」倪問九叫了一聲，就說不出話來。他的心裡像塞進了一堆石子似的難受。

走出小吃店，倪問九偶然發現馬路對面有一間賣橡膠鞋的店鋪，他領著孩子進去，為他買了一雙球鞋。

在回家的路上，蔡文雄緊緊地抱著那鞋盒子，睜著大眼，不相信地問：「倪叔叔，這雙鞋子真是送我的嗎？」

「當然，你明天就可以穿著去上學了。」倪問九說。

「倪叔叔，你是不是很有錢？」孩子又問。

「我？啊！倪叔叔沒有錢。」

「那麼，倪叔叔為什麼要買鞋子給我呢？」

「因為你乖，倪叔叔喜歡你。」他摸著孩子的頭說。

可憐的孩子！他還以為我多有錢哪！他想。我只是個起碼的委任級辦事員，薪水只夠一個人吃飯；若不是在離家時母親硬塞過來幾張鈔票，我恐怕連這雙鞋子也送不起哩！

第二天下午蔡文雄把乾淨衣服送來，倪問九發現今天有點特別：他的外衣都上過漿燙得又平又滑，一雙破襪子也給補好了，倪問九問他是不是他母親做的，孩子回答說，我母親這樣做是為了謝謝那雙鞋子。

倪問九又是感動得眼睛濕潤。他發現孩子仍然赤著腳，就問：「你的鞋子呢？怎麼不穿上？」

「我媽媽叫我留到過年的時候才穿。」

倪問九不覺又難過起來；但是，他只是微微地一笑的說：「傻孩子，留到新年你的腳就會長大的呀！」

兩個不同年齡的人友情在無聲地滋長著。在倪問九寂寞的異鄉歲月中，七歲的蔡文雄成了他不可一日分離的伴侶。每天晚上，蔡文雄都要到倪問九的宿舍裡，兩個人不是出去逛夜市，就是在房間裡消磨。倪問九教會了蔡文雄下象棋，不久，那聰明的孩子就成為跟他奕棋的理想對手。蔡文雄遇有功課上的疑難，就抱著課本來問他。倪問九有時也會自動地給孩子講講歷史上的小故事以及大陸上的風光；這時，孩子就睜著好奇的眼睛聚精會神的聽著。由於有了這個義務的家庭教師，蔡文雄的學業成績很明顯的進步了，那個學期，他考了第一名。

一個晚上，蔡文雄如常地敲開了倪問九的房門。出乎倪問九意料的，蔡文雄的母親竟然跟在孩子身後，手中捧著一個用一塊花花綠綠的布包著的包裹，母子二人看見了他，一齊向他作了一個九十度的鞠躬。做母親的把手中的包裹交給兒子，嘴裡說了幾句話；於是，蔡文雄雙手捧著包裹，恭恭敬敬地遞給倪問九說：「倪叔叔，這是我媽媽做了一點食物，她要請你嘗一嘗。」

「不，不，我不能要你們的東西。」想到他們母子生活的清苦，倪問九連連的搖著手。

孩子把倪問九的話翻譯給母親聽，母親跟著唧唧噥噥一陣以後，孩子又說：「我媽媽說，倪叔叔常常教我讀書，使我得了第一名，她要謝謝你。」說著，也不等倪問九回答，逕自走進房間，把包裹解開，捧出一份蓋得密密的食物，放在他的桌子上，接著便退出房間，然後母子倆又向他鞠了一躬，就立刻離去。

倪問九呆呆地望母子兩人匆匆下樓的背影。聽著他們赤足踏在樓板上的聲音，發愣了好久，過了好一會，他才走到桌旁，掀開那盤食物。啊！一盤炒得香噴噴的米粉，上面放著一隻白切雞腿，雞皮上直滲著黃油，米粉還在冒著熱氣哪！

他的眼睛溼潤了。這母子倆是何等善良的人！他們連鞋子也買不起，送給他也捨不得穿；但是，只為了我對孩子的一份友情，他們就要如此鄭重酬謝。這隻雞腿，恐怕要剝奪了他們幾頓菜錢吧，不，我何忍獨吃？

儘管他們宿舍中伙食團的膳食雖然辦得極差，倪問九還是把雞腿留了起來，那盤炒米粉已夠他大快朵頤了。

第二天當蔡文雄收取髒衣服時，倪問九把雞腿拿出來給他吃；但是，蔡文雄卻堅決拒絕，一溜煙似的就跑掉。

那個晚上，他帶蔡文雄出去看了一場電影，請他吃了一頓點心，又買了一些學用品給他，說是獎勵他考到了第一名，孩子高興得什麼似的，一路上都像隻快樂的小鳥一般在蹦跳著。看見孩子開心，倪問九自己也感到滿足了。

也許因為孩子天性聰明，也許出於倪問九的從旁誘導，蔡文雄從此沒有考過第二名，在小學的六年裡，無論大考小考，他總是第一。

不消說，這些年來，他跟孩子的感情已演變到幾乎像父子一樣。雖則他比孩子大了二十歲，似乎還不夠做他父親的資格；然而，孩子的聰明、伶俐、勤奮、乖巧，已深深的扣住了他的心，如今，年逾而立的他，不但還沒有成家，甚至連女朋友還沒有一個。

孩子的母親仍然在幕後默默地為兒子報答他的友誼。她自動替他漿洗衣服、縫鈕扣、補襪子，還不時的叫兒子送上一些可口的食物；這，使得無家的倪問九在無形中享受到家的溫暖。

倪問九的同事們打趣他：你既然這麼疼愛這孩子，為什麼不乾脆娶了他的母親呢？那女人雖然是一個不識字的洗衣婦，可是，長得並不醜，性情又溫順，年齡也跟你差不多；如今，跟下女小姐結婚的光桿兒多的是，一個洗衣婦應該不至於辱沒你老兄吧？

不會！怎麼會？我也只是個起碼的小職員罷了！對同事的話，倪問九也曾怦然心動過。娶了那個女人，蔡文雄就是我的兒子，又將會有人照料我的生活起居，不必再吃伙食團那些難吃的大鍋飯，這主意似乎不錯呀！

然而，他並沒有那樣做；因為，他認為假使那樣做，別人就會以為他疼愛蔡文雄是另有企圖的，那麼，那就跟他原來純潔的動機相違背了。何況，他對洗衣婦完全沒有愛意。

現在，倪問九對自己的終身大事不著急，他另外有一樁重要的心事，那就是蔡文雄的升學問題。

當蔡文雄升上了六年級不久，倪問九就問他是否準備升學。在倪問九的心裡，以為這樣窮苦的人家，肯讓孩子去受完義務教育已經很難得，想他花錢上中學，那不是夢想嗎？他打定主意，要供給文雄升學的費用。

想不到，孩子卻爽爽快快地回答，他母親早已決定讓他繼續升學，學校的老師也是這樣主張。

倪問九聽了很高興，可是，他又不方便問孩子，升學的費用有沒有問題，他只能這樣說：「文雄，你是個聰明的孩子，你一定會考取的，考取了，倪叔叔願意負責你的學費。」

誰知，孩子的回答又是出乎他的意料。「謝謝你，倪叔叔，我媽媽和我自己會想辦法的，我媽媽現在上午洗衣服，下午去賣愛國獎券，晚上替裁縫店縫扣子，她已經存了好多錢，她說夠我交付學費了。而且，將來我也可以半工半讀，我可以送報、擦皮鞋、賣冰棒，我身體很好，能夠吃苦的。」

孩子侃侃而言，圓圓的大眼睛閃閃發光。他現在已長成一個壯碩的少年，在母愛的照耀下，他並沒有因為物資的貧乏而影響到正常的發育。如今，他不再赤腳了，一雙半舊的球鞋，洗擦得非常潔淨。

倪問九沒有再說什麼，對於這兩個有志氣的母子，他不想破壞他們的快樂。他悄悄地把一筆自己節省得來的數目存進銀行裡，準備隨時給蔡文雄作學業上的支援。

然而，十四個年頭過去了，蔡文雄果然半工半讀的由中學而大學，當年那個赤腳的小男孩，現在已是一個正正式式的醫學士。他始終沒有接受過倪問九的支援，他不需要別人的幫助，倪問九也沒有幫助他的機會。

倪問九把目光從照片移到桌上一小疊綠色的美鈔上。當年的五百元新台幣，在他的省吃儉用下，現在已增加了三十倍。前幾天，他為蔡文雄的出國，特地把全部存款提了出來，去買了美金，想給蔡文雄壯壯行色；但是，蔡文雄仍然是拒絕了。

「不，倪叔叔，我不能接受你的錢。」蔡文雄像小時那樣，又倔強又驕傲地。

「為什麼？」倪問九的自尊受到了打擊，幾乎是生氣地問。

「倪叔叔，你忘記了嗎？我是怎樣受完我的中學和大學教育？那時，我年紀還小，就已經很能吃苦；現在，我已經長大，又有了獎學金，還怕什麼呢？」蔡文雄理直氣壯地說。

倪問九怎樣也不聽，一定要塞給他。最後，蔡文雄說：「倪叔叔，你的好意我心領了。在世界上，除了母親，你就是第二個愛我的人，難道我還怕多受你一點恩惠不行？這樣吧！我請你把這筆錢留著，用來幫助比我更不幸的學生，好嗎？」

想到這對母子的志氣，倪問九只得屈服了。他問：「那麼，你母親呢？她需要錢嗎？」

「不，她還沒有老，她要照常工作。再說，我學成了就會回來的，我不像其他的人一樣，出去了就不回來。」說到這裡，蔡文雄站了起來，走過去伸手跟倪問九相握。「倪叔叔，我得走了。你永遠是我的叔叔，我永遠記得你的。」

說著，他低著頭擦著眼睛走了，皮鞋閣閣地敲打著樓板。倪問九起初是呆呆地坐著，後來，鼻子一酸，便也忍不住落下了眼淚。二十年來跟他相親相愛的孩子走了，這個，曾經是他空虛生命中的精神支柱，曾經使他因此而忘了終身大事的孩子，竟然把他的心也帶走。他惶恐的想：從今以後，我的生命還有什麼意義呢？孤家寡人一個，晚上誰陪我去逛街？誰跟我一起夜讀？想著，想著，從來不曾做過父親的他，竟然有著像失去兒子一般的哀痛。

於是他又想起了蔡文雄的母親，還有他自己的親娘。這兩個母親又如何？還不是也失去了兒子？娘今年應該七十有一了。她失去兒子二十年，關在竹幕裡也十七八年，假如她還在人世的話，她的哀痛又如何？

好久沒有想家的他，忽然鄉愁大發，他讓淚水痛痛快快地流著，心裡暗暗在叫著：哭吧！盡情的哭吧！但願我的悲憤能化為力量，助我早日回鄉。

妻子歸寧時

送走了大人和孩子，陶予長長地舒了一口氣，立刻就邁開大步走回家裡。打開了木板門上的小鎖，從大太陽直射著的街道走進了他的小木屋，在感覺上並無兩樣，只是火爐與蒸籠之別罷了！

他的臉上淌著汗，全身冒著汗，一件香港衫已經溼透。脫下香港衫和西裝褲，換上木屐，到廚房裡去洗臉擦身，他索性連汗背心也脫了下來。

小屋裡冷清清的，但是，很凌亂。竹床上、桌椅上、水泥地上橫七豎八的都是孩子們的破玩具、破圖書和小襪子、小木屐。玉英本來說要收拾好才走的，但是，他卻一個勁兒的催她快點帶孩子走。表面上他是說要讓她早一點看到岳父岳母，其實他是貪圖多一刻的清靜。

坐在餐桌前面，他點起一根香煙，一面就從抽屜裡拿出鋼筆和稿紙。我一定要利用這難得的一晝夜寫出一篇比較像樣的東西，明天這個時候他們就要回來，三個小蘿蔔頭吵吵鬧鬧的，我又不能好好的去構思了。

他赤著膊，翹著腿，把一隻腳踏在椅角上，一面手撕著腳底下的硬皮；靈感雖然遲遲不來，他卻感到悠然自樂。沒有人在旁邊喧擾，沒有人在耳邊聒噪，多好！多像當年打光棍的生活！該死的你！誰叫你作繭自縛，自願把脖子往「枷」裡套的？

當他三十歲時，他對自已說：男人三十歲還年輕得很，何必那麼早成家呢？多自由兩年再說。到了三十五歲，他開始羨慕別人拖男帶女，看見小孩就想抱。到了三十八歲，他便拉起警報來了，幾乎是被女人看了一眼就以為人家對他有意，終於在他不惑之年結束光棍生涯。玉英是他一個朋友的姨妹，只受過國民教育，是個天天揹著茶葉到街上去賣的鄉下女孩子。

他在稿紙的第一第二兩行上寫了一個大大的枷字，略略帶點美術字的意味，很工整的，還在四周畫了一道花邊，題目下面「陶予」兩個字是用標準的十七帖草書寫出來的，寫得龍鳳飛舞。

他決意要把這篇小說寫得很好——把自已親身感受寫出來還能不好嗎——，要是得蒙編輯先生青睞，說不定會把他的親筆簽名製版登出來哩！

是的，我這個家就是一個枷，一點也沒有錯。玉英沒有別的本事，就是會生孩子，五年中就生三個，前幾天還囁囁嚅嚅的告訴我又有了，要命！要命的女人！想把我老命拖垮是不是？

一想到又將有一條小生命擠進這間狹隘的小木屋中，他的心中便燃燒著一股煩躁的無名火。雖然是赤裸著上身，他仍然感到陣陣燠熱。站起來去喝了一口水，擦了一把臉，又把那部搖頭擺腦，吱吱作響的老爺電扇打開，然後再坐到書桌前面去。

望著稿紙上那個漂亮的「枷」字，他彷彿看到它已變成了五行宋體鉛字，刊登在副刊的第一篇；至於那些密密麻麻的六號字應該是一些什麼字，他可是一點概念也沒有。沒有！稿紙是一片空白！腦筋也是一片空白！

假使我的腦筋能夠像玉英的肚子一樣就好了！她是個多產的女人，我為什麼不是個多產的作家呢？寫！寫！作！作！該死！成天被那一群孩子騷擾著，成天被柴米油鹽困擾著，我又能寫出些什麼來呢？就算勉強擠出一兩篇來，那都是等著賣錢的。「著書都為稻粱謀」，會寫得好嗎？稿紙是一片空白，打開了筆套的鋼筆躺在桌面，筆尖被熱空氣蒸發得乾巴巴的。他拿起它在一張廢紙上拚命地畫，畫了半天都沒有墨水出來。啊！我的腦筋也和稿紙一樣空白，和鋼筆一樣的乾巴巴，我再也寫不出東西來，我已經江郎才盡了。

他大聲地嘆著氣，把鋼筆套好，塞進亂七八糟的抽屜裡。他不敢擲筆，這枝雖然不是什麼好筆，但是，去買也起碼要幾十塊錢。為了那幾十塊錢，竟連這一個瀟灑的動作也不敢去做。唉！錢！「一錢逼死英雄漢！」何況我陶予只是個窮文人？

也許真是年紀大了，電扇吹久了就覺得骨頭瘦瘦的。不！我這個年紀怎算大？照西洋人的說法不過是人生的開端罷了！骨頭瘦不稀奇，在臺灣患風溼症的人多的是！嗯！是有點不對勁，為什麼這樣疲倦呢？坐下來不到半個鐘頭，還沒寫過一個字，為什麼就覺得累？是因為天氣太熱呢？還是因為昨晚被孩子吵得沒睡好？

不如先打個盹兒吧！睡醒了精神充足一點，說不定靈感就源源而來哩！他關了老爺電扇，把竹床上橫七豎八的玩具撥到一旁，就倒了下去。

他是餓著醒過來的。還帶著相當熱力的太陽從西窗曬進來，木屋裡的溫度比剛才更高了。他發覺自己滿身都是汗黏黏的，連忙一骨碌爬起來，又到廚房去洗臉擦身。肚子裡飢腸轆轆，他這才想起中午並沒有吃飽，菜不夠，他勉強填了一碗半的飯就放下了筷子。

打開碗櫥搜索著，飯倒是剩得不少，足夠他一個人吃有餘；但是，菜呢？玉英是吩咐過他到外面去吃的；不過，他一則為了這一大碗剩飯可惜，二則為了要省幾塊錢，就決定在家裡吃。烹飪之道對他並不陌生，二十年的光棍生涯，對自己的飲食起居他可以料理得非常周到。他熟練地生起爐子，利用廚房裡的油、鹽、醬油、味精和一根蔥，做出了一盤香噴噴的炒飯。

他把那盤炒飯捧到書桌上，又泡好一杯濃茶；然後打開一本古文小品，就一面吃飯一面讀書。這是他所欣賞的人生樂趣之一，也是他獨身時代的經常「享受」；自從成家以後，此調不彈久矣！他用古人筆下雋永的句子做下飯菜，一頓飯吃得香極了。吃完飯，呷一口濃茶，他滿意地伸伸腰，摸著肚子舒了一口氣。現在，他愈來愈不明白了，這樣的日子不是過得挺舒適的嗎？我為什麼要作繭自縛？為什麼要把脖子套進枷裡？

太陽光懶洋洋地退出窗外，卻留下了一屋子的熱氣。他覺得愈來愈無法忍受，心裡想：屋的悶熱會使我的頭腦發昏，無法思考；不如到街上走走吧！也許，一次黃昏的散步會帶給我一些靈感哩！

他穿好衣服走到街上去。薄暮的街頭吹拂著陣陣涼風，這使得他好生快意！快意得忘記了口袋只剩下二十幾塊錢，也忘記了自己江郎才盡。

街上行人很多，大都是成雙成對，或者是父母子女一家人同遊的，他們講究的衣著和愉快的外表使他想起了自已的妻子。他覺得慚愧，婚後五年，竟然沒有帶玉英出去過一次。新婚時，他嫌她太土氣，會辱沒了自己知識份子的身分；等到現在他不嫌她時，她又因為自已拖男帶女的不願意出去了。她名義上雖然是他的妻子；然而，她成天在家給他操作，只不過是個不需要工資的女工罷！

我對不起玉英，我虧欠於她的太多了。他默默地這樣想。天色漸漸黑暗下來，他的心也和黑夜那樣的黯淡。朋友們都說他撿了個便宜的妻子，是的，他和玉英結婚的確沒有花過一塊錢。玉英嫁給他那年是廿八，她父母認為她已是個沒人要的老處女，巴不得她快點嫁出去，所以，居然沒有要他一分錢聘金。於是，到法院公證一下，擺兩桌菜宴請一下至親好友（所收的禮金使他沒有蝕本），就把玉英帶回這間他住了十年的小木屋，連新房都不必準備，多麼方便！然而，他是怎樣對這個撿來的妻了？他把她關在小木屋裡燒飯洗衣生孩子，當他需要清靜時，還把她和孩子們一古腦兒趕回岳家去。

走著，走著，他走進了燈光如畫的鬧區裡。日光燈把他的臉照得又青又紫，櫥窗反映出他枯槁的面容；看著別人筆挺的西裝褲和烏亮的皮鞋，再低頭著看自己發皺的咔嘰褲和破皮鞋，他的頭再也抬不起來了。

我不是故意薄待玉英的。一個月入只有幾百元的週刊校對，一個靠筆耕養活一家人的窮文人，叫我能怎樣呢？今天給她買衣料？明天請她上館子？不！玉英不是那種女人，她不會怪我的，她只要我愛她就行。愛她？天曉得我到底愛不愛她？一個大學生會愛一個僅識之無的村女？一個滿腦子充滿羅曼蒂克的幻想的文人會愛一個不解風情的庸俗婦人？柴米夫妻也需要愛情？啊！我不知道！他咬著嘴唇皮，用力把眼眶中一些暖的液體逼回去。

走著，走著，他累了。真是不行了！怎麼走一點點路就累呢？回去吧！我是不屬於這裡的，擠在這裡幹嗎？還是回到你的木屋中去吧！那裡才是你的天下。

靈感沒有來，靈感死掉了，怎麼辦？打開了小木屋的門，扭開了電燈，凌亂的屋子裡透著一股寂寞與淒情。書桌上的稿紙依然空白著，那個加了花邊的漂亮的「枷」字，那個龍飛鳳舞的簽名，孤零零地站在一旁，看來慘兮兮的。他一手把稿紙從桌上掀起，狠狠地把它撕得粉碎，撒了滿地。

他坐在書桌前，雙手抱住頭，不知做什麼好。下午睡得太久，此刻還是毫無睡意，而在平時，這正是他們一家人上床的時刻。三個孩子都洗得乾乾淨淨的，睡前不是在床上打滾就是表演唱歌跳舞。他最愛那個小的，雖然他們的營養並不好，但是，這孩子卻胖得像隻小豬，而且身體很結實，極少生病。每個晚上，他都要扮馬給他騎，或者把他高高舉起，拋向空中又接住，弄到他嘻嘻哈哈笑個不停，然後帶著滿足的笑容去睡。

而今夜，他嫌他們吵，吵得他不能寫文章，把他們母子四人趕回岳家去。家裡是清靜了，清靜得空虛可怕，可是，他的文章呢？

去睡吧！也許明天我可以寫得出來。要是明天還寫不出，那麼，這篇文章的命運便註定要流產了。孩子們回來了，他也要去上那一星期一次的要命的班，把自己埋葬在那似乎永遠看不完的油墨未乾的校樣內，所有的靈感，便都暫時要跟他「掰掰」了。

一整天並沒有做過什麼事，他竟有著身心交瘁的感覺。把自己在床上，眼皮痠澀，兩條腿重得像爬過山；可是，腦筋裡卻是無比的清醒。他想起了玉英每次要回娘家都說一遍的話：「我想跟媽借一筆錢，在門口擺個冰水攤賣冰，這樣，你就不必寫得那麼辛苦了。」

但是，每一次，他都會狠狠地向她發了一頓脾氣：「你要賣冰？你不怕丟盡我陶予的臉？陶予的老婆在門口賣冰水，人家會怎樣說？」這次，玉英不敢再提，他後悔了。你還是去借錢吧！我管你賣冰、賣麵，或者再去賣茶葉，只要你能賺錢，幫我維持這個家，我就感激不盡！

我再也寫不出東西來了！我已經江郎才盡！我太疲倦了我要睡覺，我要長眠不起。遠離塵世上的貧窮、煩惱和溽暑！和平地、靜靜地沒有知覺地躺在陰涼的墳墓裡多好！他迷迷糊糊地快要入睡了，還在清醒的小部分神經卻在叨念著：「玉英啊！你一定要借錢回來！一定！一定！」

母與女

我從來不曾看見太太這樣激動過，她坐在床沿上，手中捧著一封信，一會兒哭，一會兒笑，一會兒又念念有辭，喃喃自語。我正在把一些洗熨好的衣物替她收進抽屜裡，看見臉上還淌著淚水，一面又嘻嘻的笑了起來。

「什麼？太太，你說小姐生了孩子？」我舒了一口氣。「謝天謝地！真是菩薩保佑！這封信是小姐寄來的？」

「秀蘅剛剛生產，怎能寫信？這是她姑爺寫的。」太太在抽噎著。「王媽，快點去準備呀！」

「太太，我們要不要燉一隻雞帶去？」我問。

「來不及啦！到了臺南再說吧！」太太說著，一面擦著眼淚，一面就站了起來。她就是這副急性子，說做就做。我跟她快三十年啦！她的性情也早已摸得清清楚楚。

說起來真可憐！自從三年前小姐跟那個洋鬼子鬧翻（我真不願意說小姐被那個洋鬼子摔了），從美國回來，就跟太太也鬧翻了。她賭氣搬了出去，在外面找工作做，死也不肯回家。太太也火了，她說，不回來就不回來，就當我沒生這個女兒好啦！後來，小姐跟姑爺結婚，太太也賭氣不去參加婚禮，甚至不准老爺去參加。老爺一向是怕太太的，而且也沒有什麼主見，太太不讓他去他就不去。就這樣，母女兩人居然斷絕往來兩年之久。我知道太太很想念小姐，這兩年半以來，她常常背著人長吁短嘆，卻怎樣也不肯認錯，也不肯去看看小姐或者請小姐回來。她和小姐兩個人的脾氣都太倔強了，母女之間還要逞什麼強？我是個下人，又不便勸解，就只有在一旁乾著急的份兒。

謝天謝地！現在可好了，姑爺終於寫信來，太太也自動的要去看女兒和外孫，看來，她們母女之間這些年來的痛苦和誤會可以解除，宋家又可以恢復從前的歡樂啦！

太太和我在當天的傍晚就到了臺南。不顧旅途的勞累，太太又要我和她趕到醫院去。當我們走進那家整潔的私家醫院時，太太心情的激動是可想而知的，就連我王媽也緊張得手心冒汗了。可不是，我是看著小姐長大的，不久以前，她還是個孩子嘛！怎麼一下子就變成了孩子的媽呢？這麼久沒有見面，她瘦了抑或胖了？姑爺待她好不好？小娃兒長得像誰？我都巴不得馬上知道。

太太輕輕叩了叩二〇六號房間的門，裡面有男人的聲音回答「請進來」，我的心都跳到喉嚨口了。太太推門進去，一眼看到了躺在病床上的小姐，也顧不得跟從來沒有會過面的姑爺招呼，就撲過去摟著小姐。做媽的喊了聲「秀蘅」，做女兒的喊了聲「媽」，兩個人就哇的一聲哭了起來。我一面著急的喊：「小姐，您不要哭呀！在月子裡哭會弄壞眼睛的。」一面自己也忍不住嗚嗚的哭了起來。

「秀蘅，你們別哭好不好？給人聽見了像什麼？」這時，姑爺也忍不住叫起來了。

我一面用手帕擦著眼淚，一面打量這位新姑爺。他是個中等身材的青年人，戴著一副黑框眼鏡，樣子看來挺忠厚老實的。

我走到床邊去看小姐。她的臉在蒼白中帶著一些紅暈，頰上還沾著淚珠，她看見了我，展開了一個疲乏的微笑，說：「王媽，你好嗎？」

這時，我忽然覺得：小姐一點也不醜了。她的胖臉變得消瘦，眼皮沒那麼腫，眼睛裡射出了美麗而喜悅的亮光。我相信，假使她不是躺在病床上而稍稍打扮一下的話，將會是一個很動人的少婦。唉！真是的，早知如此，太太當初何必花費那麼多的心機，幾乎害得母女分離呢？

我聽見太太在絮絮地問：「孩子呢？叫他們抱來給外婆看看呀！」「生產還順利吧？」「有沒有奶給孩子吃？」「懷孕期間難不難受？」「你想吃些什麼？媽來給你弄。」「什麼時候可以出院？出院就搬回媽媽那裡好不好？」她問了很多話，就是忘了跟姑爺打招呼。

小姐並沒有立即回答。她問：「爸爸呢？爸爸為什麼沒有來？」

「是這樣的，我們匆匆忙忙的趕來，來不及通知你爸爸。我留了一張紙條子在家裡，我想他明天就可以來了。」太太急急地回答著，又問：「孩子呢？快叫他們抱來嘛！」她說這句話的時候眼睛是望著姑爺的，她似乎忘記了自己到現在還沒有跟女婿打過招呼。

「好的，我現在就去把孩子抱來。」姑爺說著，就走出了門外。「秀蘅，他待你好不好？」望著女婿的背影，太太急不及待的就問小姐。

「媽，打從我們結婚那天開始，他就是個最好的丈夫。」小姐的眼裡，流露出得意的表情。

「這就好！」太太用手撫摸著小姐的臉頰。「你現在還恨媽嗎？媽對你不起！」

「媽，別這樣說，事情已經過去，還提它做什麼？」小姐把臉別過去，眼睛也閉了起來。

「小姐，您都不知道，自從您走了以後，您媽是多麼的想念您，惦念您。您看，她是不是比以前瘦了？」我在旁插著嘴，存心為她母女倆拉攏。

「可不是？媽，我也對您不起的。」小姐把眼睛睜開，無限歉疚的望著太太。

正說著，姑爺已抱著個嬰兒回來。太太忙不迭的衝過去一把搶了過來，嘴裡喃喃說著：「小乖乖，讓外婆親親你。」眼淚又流了出來。

我也擠過去看嬰兒。小姐是我看著長大的，我對她也有著母女之情啊！

「呀！娃娃真像媽媽！」我脫口而出的叫了起來，不過，馬上我又覺得自己失言了。

事實上，這個腫眼皮、扁鼻子、大嘴巴的嬰兒真是像透了二十八年前小姐出生時那個樣子。太太會不會因為我這句過於坦率的話而感到不快？經過了那次痛苦的經驗，太太還會不會那麼注重一個人的外表？我真耽心得很！

唉！那明明是二十八年前的一幕，為什麼還活鮮鮮的呈現在眼前？在上海法租界一家教會醫院的頭等病房裡，年輕的太太疲乏地躺在病床上；護士小姐把剛生下來的嬰兒送到她的身邊。太太轉過頭來，仔細地注視著躺在她臂彎中的嬰兒，忽然，她尖聲地叫了起來：「這個嬰兒醜死了，她不是我生的，你們一定弄錯了。」

這句話引得我和護士小姐都大笑起來。我說：「這娃娃我親眼看著大夫給您接生的，不會弄錯，初生的嬰兒都是這個樣子，這不能算醜，過幾天，她會慢慢的變漂亮的。」

「你不會騙我吧？王媽。你看這小傢伙，又低又窄的額角，浮腫的眼皮，扁鼻樑，寬嘴巴，那一點像我？我怎會生出這樣醜的女兒來的？」

當然，我很了解太太的心事，別人生出這樣的嬰兒，也許不會傷心，但是太太就不同了，因為她本身是個出名的美人。我聽別人說，太太還是一家教會大學的校花哪！太太到底有多美，讓我說給您聽。她是蘇州人，長得一身細皮白肉，個子不高不矮，不胖不瘦。她那張美麗的臉，我不會形容，聽說她在學校的時候，外號叫玉觀音，這樣，您大概可以想像得出太太的樣子了吧？真的，太太現在雖然已經五十出頭，還是好看得很，可見她年輕時是如何的漂亮！

我們老爺宋先生也是個漂亮人物哪！他和太太是同學，他的老太爺是上海的殷商，開了好幾家公司。老爺的家境既富有，相貌又長得好，功課也不差，所以，他終於擊敗了無數追求者，贏得了太太的芳心，在他們大學畢業後就結了婚，我也就是那個時候開始服侍他們的。

當時太太聽了我的話，半信半疑，天天在盼望著女兒變美麗，到了滿月那天，宋公館大擺筵席，賀客盈門，然而，裹在最名貴的襁褓內的嬰兒，還是隻腫眼皮、扁鼻子、大嘴巴的醜小鴨。在她那雙俊美的父母的對照下，不懂事的人都在低聲嗟嘆，世上真是沒有十全十美的事，上天賜給這家人以美貌和財富，卻又不肯錦上添花，偏給他們一個醜女兒。而懂事的人卻是避重就輕的稱讚嬰兒白胖可愛，將來一定跟媽媽一樣美麗。

轉眼小姐周歲了，她的樣子絲毫沒有改善，依然是個腫眼皮、扁鼻子、大嘴巴的醜娃娃。

小姐五歲的時候，太太把她送到 家最貴族化的幼稚園去念書。小姐天天打扮得像個小公主似的，坐著私家黃包車去上學。因為小姐是有錢人家的孩子，老師很愛護她；同學們也都因為她慷慨而跟她很要好。小姐在學校裡過得很快樂，可是，太太仍然鬱鬱不樂，她為了小姐在遊藝會中沒有擔任小小歌劇的主角而感到羞恥。

上了小學以後的小姐，在她美貌的媽媽的對照下，仍然是個醜丫頭。太太這時更是傷心了，她除了拚命的用高貴的服裝來打扮小姐外，還送她去學跳芭蕾舞，請了老師來家裡教鋼琴。我聽太太說，學芭蕾舞可以使女孩子將來有副好身材，學鋼琴則可以使人有良好的風度與氣質。可惜，小姐並不是一塊舞蹈家或者鋼琴家的料子；學了一兩年，也聽不到老師們稱讚一句。

小姐上到三年級的時候，共產黨開始作亂了，老爺太太帶著小姐和我逃到臺灣來。這時，日子可不像在上海那麼好過了，人地生疏的，那比得上在老家時的舒服？老爺太太雖然帶了不少黃金美鈔過來，可是，日子久了，一想到坐吃山空這句話，這對從來不曾經歷過世上風霜的年輕夫婦也發愁啦！我說過，老爺一向是個標準小開，他在家鄉享福慣了，完全不知道賺錢的艱難；現在，他離開老家，要挑起小家庭生活的擔子，他可嚇得傻了眼啦！他懂得的只是跳舞、搓麻將、賭梭哈、開汽車、打高爾夫球，叫他去當小職員看人眼色，他才不哪！

還是太太能幹，把帶來的錢跟友人合夥開了一間出入口公司，不到幾年，就賺了大錢，把友人的股份全部買了過來，自己當起總經理來。而老爺呢？掛了個董事長的名義，悠哉悠哉的天天在外面玩樂，又恢復了上海時代洋場闊少的生活。這就是娶到美麗而能幹的太太的好處。

也就是因為太太美麗而能幹，她的生意也愈做愈大。很快的，上海時代的繁華日子又回來了。但是，太太卻不怎麼快樂，因為小姐已進入中學了，眼看著別人的女兒都長得亭亭玉立，出落得標標緻緻，唯有小姐的腫眼皮、扁鼻子、大嘴巴，還是依然故我。小姐的功課也不好，自從她考上一家私立高中以後，太太就請了一位家庭教師來長期給她補習，希望她能夠考上大學。結果一連考了三年，才在榜末挨上了一名，考取了一家專科學校最冷門的一科。

雖然如此，太太還是高興得不得了。為了給小姐慶祝，太太特地陪小姐到中南部玩了一個星期，還給小姐訂製了大批的新衣新鞋。

有一天，我聽見太太對小姐說：「秀蘅呀！你現在是個大學生了，我想我們可以把徐老師辭退了吧？還有，我想帶你去美容，把鼻子墊高，你也到了應該交男朋友的時期啦！」

我知道，打從小姐高中畢業那天起，太太就開始為小姐交男朋友的事而心急了。她很矛盾，一方面希望有男孩子追求小姐，以證明她女兒並不太醜；一方面又不願小姐交男朋友，因為她怕因此而影響到小姐不能專心準備大專聯考。這時，小姐已經雙十年華了。有些女孩子在這個年齡已經結了婚，甚至做了媽媽，但是，小姐卻連情書都沒有收到一封。

誰知道小姐對這事竟然一點也不在乎。聽了她媽媽這番驚人的話，她只是把頭搖了又搖，嘴裡一連串地說著：「不，不，我不要嘛！」

「為什麼呢？秀蘅。」太太皺眉說。

「人家不要嘛！人家不要辭退徐老師，也不要把鼻子墊高。」小姐在說話的時候，臉上微微現出了兩道紅暈。

「為什麼嘛？你得把理由說出來呀！」對女兒的「叛逆」太太微微有點吃驚。過去，小姐對母親是十分柔順的。

「媽，您不是說將來要送我去留學嗎？人家徐老師的英文很好，他可以繼續幫我補習英文呀！否則，我這口蹩腳英語怎能出去？」小姐走到她母親身邊，摟著母親在撒嬌。

「好吧！媽答應你不辭退徐老師。」太太想了一想說。「不過，你得答應媽去墊高鼻子。」就這樣，母女倆討價還價的，小姐終於跟她媽媽到一家最高級的整型外科醫院去動了墊鼻子的手術。墊高了鼻子以後的小姐，當然稍稍好看了一點；可是，我還是喜歡她原來的樣子，因為這她就不像小姐她自己了。

說也奇怪，小姐在墊高了鼻子之後，忽然變得愛打扮起來，人也活潑得多；平日相當沉默的她，現在整天有說有笑。太太看了開心得很，她想：就是墊鼻子的功用，女兒變漂亮了，心情自然也跟著開朗起來。

不知怎的，就在小姐墊高了鼻子半個月之後，那位家庭教師忽地自動向太太辭職，據他說，下學期就是四年級了，他學工的功課很忙，所以，沒有時間再替小姐補習。太太無可不可的對徐老師說，等我跟女兒商量再談，誰知小姐卻正在她自己房間亂摔東西，又哭又跳的大聲地罵：「不教就不教，有什麼了不起，你快點給我滾！」

徐老師一聽，鐵青著臉，一言不發的就往外走。

太太連忙叫我追過去把薪水交給他，然後她自己就趕到小姐房裡去勸慰女兒。

我把太太交給我的鈔票拿給站在門外的徐老師時，忍不住多嘴的問：「徐老師，您在這裡教小姐三年了，小姐對您一向都很聽話的，今天怎會吵起來的？」

徐老師的臉紅了一下，恨恨地回答：「你去問她自己吧！」然後，就大踏步走開了。

這到底是怎麼回事？連太太也問不出究竟來，因為小姐脾氣發過以後，只是哭個不停，什麼話也不肯講。後來，有一次小姐跟太太嘔氣，等太太出門以後，小姐就跑過來找我。她說：「我恨我媽。王媽，我要告訴你一件連我媽都不知道的祕密，這樣可以表示我根本不重視我媽。」

「小姐，這——這可千萬使不得啊！」我惶恐地連連擺著手。

可是，小姐沒有理會我，自顧自的就開始吐露她的祕密。原來小姐早就暗戀著她的家庭教師，起初她是自卑不敢表白；後來，她墊高鼻子，而且也考取專科了，就大膽的開始約徐老師外出。誰知徐老師不但從來不答應，而且對她愈來愈冷淡，最後居然表示不願再教下去；所以，她才發了那麼大的脾氣。

聽了小姐的話，我表面勸小姐不要把這件事放在心上，天下男人多的是，怕找不到更好的嗎？心裡卻為徐老師的不愛小姐感到慶幸。我深知太太的為人，假使他們兩人相愛，太太是絕對不會答應的。小姐長得雖然不好看，但是，太太對她的期望很大，怎會讓她嫁給一個窮學生呢？

小姐讀了兩年專科，還沒有交到一個男朋友，太太真是急得快要發瘋了。她每週末都為小姐在家舉行派對，請小姐的男女同學以及她認識的青年人來參加。她購買最高級的衣飾來裝扮小姐，極力慫恿小姐和她看得中的青年出去玩；可是，直到小姐專科畢業了，還是乏人問津，依然小姑獨處。

沒辦法，太太就那樣想了：女兒在這裡嫁不出去不要緊，到外國去找個博士不是更好嗎？然而，太太的如意算盤又打錯了，小姐不但沒申請到外國的獎學金，而且考了三年留學考試都沒考上。這時，小姐已經二十五歲了，眼見同學們結婚的結婚，生孩子的生孩子，就是太太不焦急，小姐自己也心急起來啦！

我說過太太能幹，她就是真能幹，她除了沒辦法把醜女兒變成美女之外，其餘無論什麼事她好像都有回天之力似的。我永遠忘不了她把那個名叫什麼亨瑞的洋鬼子帶回來的那夜。事前，她先打電話回來，叫小姐打扮整齊，她要帶一個外國朋友回來吃飯。可憐的小姐，自從考了三次留學考試都失敗之後，對自己早失去了信心，對母親更加倍的倚賴了；現在，太太叫她做什麼她都乖乖的聽從（我不知道她是否惦記著徐老師的那件事）。那晚，她把自己濃妝豔抹了一番，擺在客廳裡，見了洋人，卻結結巴巴地說不出兩句話來。只有太太一個咭咭呱呱地說個不停。那個洋人大概有三十幾歲，樣子並不好看；當他望著小姐的時候，眼裡總是流露出不正經的神色，我一點也不喜歡他。後來，太太告訴我，這個洋人是做生意的，在美國是個相當有錢的人家。

太太可能是「望女成鳳」的心太急切了（不要以為我是個下人就說不出文雅的話，我王媽生長在上海，小時也念過好幾年小學哪！），她急於想小姐有機會出國，也急於為小姐找個乘龍快婿。於是，在她的安排與暗示下，那個洋人從第二天開始就天天來找小姐玩，半個月後，就向小姐求婚。他說：他不久就要回美國去了。他希望能結了婚帶小姐一道回去。

這正是太太所期待著的一句最悅耳的話。小姐當然也芳心默許，因為她也渴望出國，免得被同學們瞧不起。

我真沒看過這樣快就決定的婚事，男女雙方從認識到結婚，只不過二十五天的功夫。對這件事，老爺曾經反對過，第一他反對女兒嫁給外國人，第二他認為亨瑞的長相不似善良之輩；而且這樣匆促就結婚，怎知他是否真心愛秀蘅呢？老爺儘管反對，但是，母女兩人全不把他的話當一回事，反正這個家的主人是太太，只要她高興，誰也不能說一個「不」字。

太太為小姐舉行了一個非常盛大的婚禮，一切開銷全是宋家支付，那洋人一毛錢也沒有花。我看不過眼，在太太面前說了兩句，太太說：「那有什麼關係嘛？他不懂中國規矩，女兒已經嫁給他，還分什麼彼此呢？」

小姐結婚後一個禮拜，就跟著洋人回國去。從開始準備到臨上飛機，小姐都是笑嘻嘻地興高采烈，完全沒有一點離愁別緒。太太在飛機場上還是笑著的，可是，等飛機一起飛，她就哭了。她一直哭到家裡，連飯也沒有吃，就坐在小姐的房間裡發呆。唉！那又是何苦？自己狠心把女兒送走，卻又自己暗裡傷心。

到了美國之後，小姐寄了一張風景明信片回來。太太把它放在梳妝台上，雖然只不過簡單的幾行字，太太一天卻要讀它個三四遍。以後，小姐就很少來信，即使有信來，也都是寫得很簡短，並沒有提到她生活情形。太太又開始發急了，幾乎天天都寫信去問長問短，要小姐多報告一些生活細節，不要因為貪玩而忘了媽媽。但是，小姐似乎真是忘記媽媽了，寄回來的還是那些電報式的短簡。

大約差不多有半年光景吧？小姐忽然拍了一通電報回來，那上面寫著：「回國在即，速匯旅費來。」太太一看嚇呆了，為什麼忽然回來呢？是一個人回來還是兩個？又為什麼連旅費都沒有？她一面立刻寫信去問詳情，一面立刻匯了兩張飛機票的錢過去。可憐的太太，那幾天她簡直快要發瘋了，她吃不下睡不著，整個人忽然老了十歲。

錢匯去了沒幾天，還沒收到回音，小姐卻忽地在一個晚上單獨回來了。小姐的突然出現，把太太嚇得目瞪口呆，老半天都說不出話來，等到她發狂似的衝過去要摟抱女兒時，小姐卻狠狠的把太太推開。

「秀蘅，你——你怎麼啦？」太太像被人突然打了一拳似的，因為驚恐過甚而臉色都變白了。

「這些臭錢還給你！」小姐沒有回答，從皮包中掏出一疊美鈔，重重地摔到地上。「我只要一張飛機票的錢，誰叫你寄那麼多來的？你這一生，只懂得虛榮，你嫌我醜，嫌我笨，不能為你光耀門楣，所以，你就千方百計，不擇手段的把我送出去，也不管對方是什麼貨色。我偉大的母親，讓我告訴你吧！你那位乘龍快婿並不是什麼名門之後，而是個窮光蛋。他把我帶回去，住在紐約下級公寓裡。他並沒有固定工作，只是靠做推銷員或者掮客混日子。他又是個賭徒酒鬼，不但把我帶去的錢全都花光，喝醉了還會打人。起初，我不願意把這些事情讓你知道；後來，我忍受不住，才決定離開他，要不然，說不定有一天會被他打死哩！偉大母親！你要看看我身上的傷痕嗎？」小姐說著，拉開了她衣服後面的拉鍊，她背向我們，果然，背上全是一塊塊青紫色的瘀痕。

太太彷彿忘記自己曾經被女兒痛罵了一場似的，她淚流滿面，慢慢走到小姐身後，輕輕撫摩著那些瘀痕，喃喃地說著：「我可憐的孩子，我可憐的孩子！」

小姐身體一閃，避開了太太的手。她把拉鍊拉好，轉過身來，指著太太的鼻子說：「經過這次教訓，我的放洋夢算是完全醒過來了。你呢？我偉大的母親，你的夢醒了沒有？」說完了，就如同哭嚎著似地狂笑起來，那聲音使人聽了好害怕。

以前，別人說小姐醜，我因為同情她，並不太覺得。現在看著她，我也感到她真的很醜了。她那雙浮腫的小眼睛在生氣時多麼像死魚的眼睛！她的人工鼻子配在那扁平的大臉又是多麼不相襯！她的大嘴，在罵人時裂得更闊了。想想看，那洋人怎會看中這樣一個醜姑娘的？他不是為了他母親的錢財而娶她是什麼？

小姐回來以後，除了跟老爺談了一次話以外，誰也不理。她偶然也出去，不過大部分的時間卻都是關在房間內，連三餐也是我給送進去的。

又過了大半個月的一個晚上，老爺在外面還沒有回來，太太一個人在房間裡生悶氣。小姐突然從自己房間裡走出來找太太。她面無表情地，用很冷漠的聲音對太太說：「媽，我明天要離開家了。」

「你要到那裡去？」太太吃驚地問。

「我在南部找到一份工作，明天一大清早我就要坐火車南下，那個時候你們恐怕還沒有起床，請你替我向爸爸告辭吧！」

「你跑到那麼遠幹嗎？家裡又不是養不活你。」太太簡直在哀求。

「這個家使我受夠了，我不願意再受你的擺佈。我已經不是個小孩子，我要用自已的一雙手來養活自己；這樣，也許我的生命會活得有意義一些。」小姐的臉，陰沉沉地。

「秀蘅，我不管你找到的是什麼工作，我就是不准你去。我的女兒要離家到外面工作？你別丟我的人啦！」太太的聲音很大，臉繃得緊緊的。

「我已經夠大了，你再也阻止不了我。」

「你敢去的話，我就不認你這個女兒！」太太站了起來，氣虎虎地拍著桌子。

「你等著瞧吧！」小姐冷笑了一聲，就走回自已的房間裡，碰的一聲把門關上。

就這樣，小姐一去就是三年，在這三年之中，小姐從來沒有回過家一次。太太因為太生氣，她雖然知道小姐是在南部一家私立初中教書，也不肯去看小姐。去年小姐跟姑爺（他們是同事）結婚，事前，小姐曾經寫信來請老爺和太太去給她主持婚禮，太太又怪小姐不先跟她商量，擅自跟一個窮教員結婚，賭氣不肯去，而且也不准老爺去。其實呀！我知道她在內心裡還是十分惦念小姐的；要不然，為什麼老是一個人躲在房間裡長吁短嘆呢？

現在可好了，一家三代大團圓，老爺太太（老兩口近來和氣很多，已極少拌嘴了）有了孫女，太太也不再嫌姑爺是個窮教員。這個家，在經歷過這些年的風波險阻以後，未來的日子，必然是充滿了幸福與歡樂。我王媽，囉嗦了半天，也應該就此打住了吧？

彩色小星星

雪玲把她那雙三吋黑漆皮高跟皮鞋踢落在玄關上，一隻腳才踏上我家客廳的地板，就大聲嚷：「樂真，明天晚上到我家去吃飯，不過，可要打扮得漂亮一點啊！」

我倚靠在一張沙發上，幾乎連眼皮也沒有抬，懶洋洋地問：「怎麼？又要給我介紹男朋友？」

「對呀！給你猜對了。」她坐在我對面的一隻矮凳說。「你別這副吊兒郎當勁好不好？哼！又是一件格子襯衫一條西裝褲，頭髮不梳，口紅不擦？眼睛像睜不開似的，完全一副太妹的樣子。我告訴你，你已經不是太妹的年齡了，可要變成老太妹啦！」

「老太妹不是更好嗎？」我閉起眼睛仰著頭，把兩腳往沙發上一縮，用雙手抱著膝蓋，故意逗她。

「唉！你這個人到底是怎麼搞的？本來挺好看的一個人，卻偏要打扮成這副怪樣子。其實，我們都認為你簡直是有資格去競選中國小姐的，假使——」

「假使我去把鼻樑墊高，假使我的皮膚白嫩一點是不是？」我打斷了她的話。

「我不跟你胡扯了，我要講正經事。明天我要給你介紹一位從美國回來的博士。樂真，要是成功的話，結了婚你就可以跟他到美國去，這是個好機會，我希望你不要錯過。」

「博士？是不是四五十歲的老傢伙？」

「不是，他並不老，才不過三十多。」

「長相呢？」

「也不難看。我不會形容，你明天自己看吧！」

「他不是那種擦了半吋厚的頭蠟，穿紅色襪子之流吧？雪玲，假如是的話，就免談啦！」

「樂真，你這個人真怪！你做老太妹不夠，難道真的想當老處女？也不想想自己幾歲了？」

「二十七，」我接了上去。「還有一個半月就過生日了。」

「以前給你介紹的幾個，不是嫌人鑲了半隻金牙，就是嫌人家的領帶花色粗劣，這個說俗氣，那個也說俗氣，真不知什麼樣的人才合你的意思。要不是看在老同學份上，我才不給你介紹哩。」

「不介紹更好，省得麻煩。」

「我跟你講，這一次要是你再吹毛求疵的，我就真的不再介紹了。明天你不好好打扮的話，我就跟你絕交。現在我得去接小玲了，你明天晚上早點來。」雪玲站起來說。

望著雪玲婀娜的背影，我不自禁地聳聳肩攤開雙手苦笑了一下。人家女兒都上幼稚園了，我還是個老太妹，難道這一番真非跟博士出洋不可了嗎？

＊　＊

坐了半天美容院，做好頭髮修了指甲，回到家裡被媽按著替我抹粉描眉，然後又如儀的穿上緊身旗袍挽起皮包。我對著鏡中頗為豔麗的自己吐吐舌頭裝個鬼臉，也穿上一雙三吋的黑漆皮高跟鞋，就匆匆的坐上一部三輪車往雪玲家去。

我去得相當早，因為我不願意被人指指點點的談論，雪玲愛饒舌，我知道她一定會事先把她「做媒」的事告訴其他賓客的。然而，當我到達時，她的客廳上已坐滿了人。她的丈夫姓沈，是個貿易商，她們的經濟情形很好，一間大客廳佈置得挺夠體面的。一部廿三吋的電視機靠著當中那面牆擺著，此刻正播放著流行歌曲的節目，一個梳著鳥巢頭的少女一面擺著臀部一面張大著嘴巴唱歌。由於大家都忙於看電視，所以我得以免於被人評頭品足。

雪玲把我一一介紹給客人，其中有一半以上是我不認識的。五六個新朋友都介紹過了，她還沒有把博士「亮」出來。我心中很納悶：難道他還沒有來？遲來就表示他對這件事並不看重，而我卻這樣隆重其事，豈非自貶身價了嗎？當我正在微微有點動怒時，雪玲偷偷的扯了我一把，這時，我發現我們正站在一個瘦小的戴眼鏡的男人面前。

「金博士，這位是李小姐，是我在中學時的同學，還是位畫家哪！」雪玲給我們介紹著說。那位博士慌忙從沙發上站起來。天喲！他還沒有我和雪玲高！他謙恭地伸出一隻細小的手來和我相握。「久仰！久仰！李小姐。」哎唷！他握手可真握得重，我的手都痛了。

「樂真，金博士剛剛從新大陸回來，你不是很喜歡旅行的嗎？讓金博士講點美國風光給你聽吧！」雪玲向我眨了眨眼說。金博士旁邊有一個空位子，雪玲把我按了下去，就走開去招呼別的客人。

金博士的一雙三角眼從眼鏡後面把我從頭到腳的打量著，乾癟的臉上露出了滿意的笑容。他看看我，又看看電視機，不知道是要將我和那些歌星們作比較呢？還是既想看我又想看唱歌？

「嘿嘿！李小姐喜歡聽唱歌嗎？」他搓著手說。

「你指的是這種流行歌嗎？」我故意的問。

「是呀！是呀！你喜歡聽嗎？」

「我平常不大聽的。」我忍耐著，婉轉地回答。假如不是為了禮貌，我一定會說：「噁心透了，誰要聽嘛？」

「那太可惜了！什麼時候我帶李小姐到歌廳去欣賞欣賞。」他的眼睛還在忙著，一會兒看我，一會兒看電視幕上的歌女。

「金博士不是才回國嗎，怎麼對臺北這樣熟呢？」我說。

「這個嘛！嘿嘿嘿！」他搓著手說不出話來，一直在傻笑。

我正想乘機走開時，雪玲走出來請大家入席。她把金博士請到上座去，並且又把我硬塞在他的旁邊，使我也沾光變成了上賓。

鍍過金的招牌到底是有它的身價的，賓客們都搶著向他也向我敬酒。這時，我發現桌子的對面瞟過來一雙嘲弄的眼色。這個人我在入席時就注意到了：面貌端正，身材中等，服裝也很整齊，是個沒有什麼特徵，可是，也沒有什麼缺點的男人。我注意他是因為他特別沉默，不跟人家說話，也不敬酒，似乎相當自大。

我有點不安，也有點惱怒，我跟他並不相識——剛才雪玲介紹他時我根本就沒有在聽——，他憑什麼要嘲笑我呢？客人們不斷地向我敬酒，博士不斷地向我獻慇懃，替我挾菜；大家在談著笑著，每個人都是那麼愉快，惟有我卻如坐針氈。那雙嘲弄的眼色像X光一般透視到我的內心去，那使得我有著被脫光了衣服的感覺。

我不知道是怎樣坐到終席的。當佣人收起毛巾時，我就走到雪玲身邊說：「雪玲，我想回去了。」

雪玲瞪大了眼睛，一臉不高興地望著我說：「你是怎樣搞的嘛？等一下還有節目哩！」

「我不太舒服。」我用手扶著額說。

「剛才還好好的，怎麼會？」雪玲疑惑地說：「不管怎麼樣，你先坐下來，等喝過咖啡，我叫人送你回去。」說著，她有事走開了，金博士及時地走過來把我帶到客廳去。無可奈何地我又只好坐了下來。

現在電視上播的是平劇。金博士的興趣真廣，他一面看一面用右手的四隻手指輕輕拍著左手的掌心打著拍子，同時又不忘記隨時轉過頭來向著我裂嘴微笑。

那個不說話的人坐在一個角落裡面向著我們；雖然那裡的燈光比較暗，我看不到他的臉，但是，我仍然感到有兩道嘲弄的眼色從那裡射出。

咖啡送來了，我勉強呷了一口就站起來去找雪玲，告訴她我要走。雪玲恨恨地望著我，小聲的說：「你當心我跟你絕交。」

「諒你也不敢！」我向她做了個鬼臉。

她握著我的手臂，把我當犯人似地押到金博士的面前，說：「金博士，李小姐有點不舒服，麻煩你替我送她回家好嗎？」

「當然！當然！」他慌慌張張地站了起來，留戀地望了電視機一眼才對我說：「現在就走嗎？」

我點點頭，去跟雪玲的丈夫道了別，就走在他的前面走了出去。

「李小姐住在那裡？」走出大門後金博士這樣問。

我把地址告訴了他。

他叫了一部停在附近的三輪車，先扶我上去，然後自己坐上來。他個子很小，可是，在車上卻把我擠得幾乎無地容身。

「李小姐家裡有什麼人？」車子一開始走動他就問了。

「父親和母親。」

「父親是做什麼的？」

「公務員。」

「我聽沈太太說你是個畫家。」

「那是她吹牛，我只不過是個美術系的畢業生罷了！」

「沈太太已經把我的一切告訴了你吧？」他轉過頭來看著我，諂笑著說。

「沒有呀！她為什麼要告訴我呢？」我卻板著臉。

「那麼，我自己告訴你吧！」他顯然並沒有注意到我的表情，仍然興致勃勃地說下去：「我在美國一家電器廠擔任工程師的工作，待遇很不錯，銀行裡也有點存款。我在美國十年了，在那邊生活得還舒服，美中不足的是，討不到老婆，看不到平劇，吃不到真正的家鄉風味。嘿嘿嘿！這次回來，就是——」

說到這裡，他停了下來，等候我的反響。

我把臉繃得緊緊的，眼睛望著前面。

他突然握著我的一隻手說：「想不到你這麼大的人還怕羞，怎麼樣，你願意跟我到美國去嗎？」

我把手掙脫，回過頭來狠狠地望著他說：「我不知道你在說些什麼？」

「咦！那就怪了！沈太太不是說過要把你介紹給我的嗎？」他的臉脹得通紅，三角眼瞪得像牛眼。

「你還是回家去照照鏡子吧！沈家的阿珠說不定會跟你到美國去。」我喜歡促狹的頑皮勁又起了，想到雪玲家那個又矮又胖的金牙下女，不禁笑了起來。

「阿珠？阿珠是誰？」他抓著頭說。

「你叫沈太太給你介紹就是。」

「不，我不要阿珠，我喜歡你。李小姐，你答應嫁給我吧！我們明天就結婚去！」他一隻手又握了我的手，另外一隻居然環繞到我的腰上。

我用指甲狠狠地在他圍在我腰上的手背掐了一下，疼得他失聲叫了起來，兩隻手也一起縮了回去。

三輪車夫掉頭來看看發生了什麼事，我乘機叫他停車，在博士還沒有來得及阻止時，我已跳下車去。

在街燈的掩映下，博士的臉一陣青一陣白的，那副張口結舌的樣子，叫人看了又可憐又可笑。我揚著手大聲對他說：「金博士，我到了，謝謝你送我回來。我提醒你一句：下次送小姐回家時，不要忘記戴一雙手套啊！」

「你——你——你——」他氣得說不出話來，只是用手指指我。

我跳上另外一部三輪車，不再理他。

＊　＊

我知道雪玲一定會來興問罪之師的。第二天，我不得不躲到外面去。如果說雪玲是我中學時代最要好的同學，那麼，我在大學裡最要好的同學就是范光了。我們系裡連我一共只有三個女生，另外那兩個都是斯斯文文嬌嬌滴滴的小姐，她們看不慣我的粗線條作風，不大跟我談得來，因此，我只好和男生們一塊了。范光和我在小學時就同過學，我們同樣是不拘小節，討厭虛偽，也討厭傳統，喜歡開玩笑的人，在學校裡我們兩個人簡直無「惡」不作，和他在一起，我根本忘記了自己是個女孩子，而他呢，也從來不把我當作一位小姐看待。

畢業後，我呆在家裡看小說，聽唱片，聽著別人介紹我是「畫家」；他在一家私立中學當美術老師，平時他練畫練得很勤，只是，他的畫太怪了，怪得沒有人看得懂，因此，反而沒有人稱他是畫家。不過，他對這是不在乎的，世俗的榮譽在他算不了什麼。

由於我們談得來，我們一直來往著。說「來往」是不大妥當的，因為一向幾乎是只有我「往」而他不「來」。關於這，我也不在乎，我知道他忙，也知道他怕人說他「高攀」，雖則爸爸也只不過是個小小的局長，但在驕傲的他看來仍是和他「不平等」的。遇到有什麼煩惱或者有趣的事我都會告訴他，他往往一面作畫一面調侃我，三言兩語就把我逗得哈哈大笑起來。

今天，我又推開了他的房間。他，正站在窗前作畫，身上那件破襯衫和舊咔嘰褲都沾滿了顏料。看見我進來，他只抬頭向我笑一笑，又繼續去塗抹了。我站到他身邊，看見他的畫布上塗滿了藍灰黑混合起來的底色，現在他正在這黑暗的底色上塗上一顆顆鮮紅、橙黃、金黃、淺紫和淡綠的小圓點，顆顆都發射出星狀的光芒。

「這是什麼？」我問他。

「猜猜看。」

「是黑夜裡的燈光？春天裡的花朵？」

「不對，不過，也差不了多少，是黑暗中的希望。」說著，他看了我一眼，我發現他眼裡有著一種堅毅的神色，那是以前所看不見的。

「怎麼？你有了好消息？或者有了新的發現？」我用一隻手搭著他的肩膀。他很瘦，肩胛上全是尖尖的骨頭。

「你有香煙沒有？」他說。

我打開皮包，取出一根香煙點著了放進他嘴裡，然後自己也點了一根。

他深深吸了一口煙，把煙捲叼在嘴唇上，迷著眼睛說：「沒有！什麼也沒有！我只是在想：我應該不會一輩子住在這間小房間裡畫這些沒有人要的畫吧？」他的聲調有點淒涼。

「喂！范光，你怎麼忽然悲觀起來了？你不是說過這間小房間將來會有一天會被改建成范光紀念館的嗎？」我大聲的說。

「啊！對了，我說過的。這間是范光紀念館，那麼，你的樂真紀念館呢？」他把畫筆一丟，大笑著用他沾滿顏料的手拉我去坐在他的床邊。

我雙手一攤說：「我早就放棄了，我沒有天才，現在只剩下嫁人一條路了。」

「找到了婆家沒有？」他關切地問，像個大哥哥似的。

「沒有，全部高不成，低不就。昨天，我才摔了一位博士。」

「怎麼摔的？你既不懂柔道，又不懂摔角。」

「用這個法子。」我用指甲輕輕在他手背一掐。

「太狠了！太狠了！」他連連的搖著頭，並且把手縮到背後去。

於是，我把金博士的樣子形容給他聽，又把金博士的每一句話都轉述出來，直把他笑得捧住肚子淌眼淚。

「好呀！李樂真，你這樣狠，當心將來遇到個兇丈夫啊！」他一面笑一面說。

「放心！我這一輩子老處女當定了！我用不著怕誰的。」

＊　＊

第一天我躲過了雪玲，第二天卻被她抓著了。她的臉色好難看啊！我不由得為自己的惡作劇有點內疚起來。

「樂真，你夠狠！你夠厲害！可是，你有沒有想到我這個中間人多麼難做？」她的手指幾乎指到了我的鼻尖。

「誰叫他不老實嘛？」表面上，我還在替自己辯護著。

「不老實也不必那樣狠嘛！人家的手背都破了皮發炎了。」

「活該！」我心裡在暗暗發笑。

「樂真，我真拿你沒有辦法，本來說過要跟你絕交的了，可是——」雪玲嘆了一口氣說。

「可是什麼？」我白了他一眼。

「可是，結果又來找你。」

「為什麼？捨不得？」

「誰捨不得你？只是你這個小妖精太迷人了，又有人要我給他介紹，所以，我不得不又再來求你。」

「雪玲，我不來了，我發誓不再去被人挑來挑去。我要去當尼姑、修女。」

「樂真，我求求你，這個人是我先生的好朋友，人很好，絕對不會像金博士那樣的。我先不說出他是誰，到時你若不滿意，彼此也不會尷尬，你說這樣好不好？」

我覺得她的建議還新鮮有趣，就不置可否的說：「隨你擺佈吧！我簡直變成一隻被人耍的猴子啦！」

＊　＊

今夜雪玲邀請的客人連我一共只有三個。出乎意外的其中一個就是那晚一直投給我嘲弄眼光的人，他的出現使我大為不安；另外一個則是油頭粉臉的青年。雪玲給我介紹說前者名叫施建謀，是一家私立銀行的襄理；後者名叫汪大慶，在美軍顧問團裡任通譯。在介紹時雪玲完全沒有給我任何暗示，以致我沒有辦法知道這兩個人之中誰是我的追求者。我心裡暗暗在想：我這番和雪玲的友情一定完蛋了，對姓施的我是「餘恨未消」，對那個姓汪的更是毫無好感，無論她要介紹誰給我我都不會接受的。

這一頓飯因為人少吃得比較隨便，很快就結束了。飯後雪玲的丈夫提議玩橋牌，不等客人同意他就作了主：他夫婦一對，我和汪大慶一對。

「老施你不會玩，作壁上觀吧！」最後，他對始終坐在一旁很少發言的施建謀說。

施建謀點點頭，微微一笑，沒說什麼。

我心裡暗暗叫苦，看來雪玲是要把汗大慶介紹給我了。雖然他在洋機關做事，錢賺得多，但是他那副娘娘腔就夠倒足我的胃口，我是寧願去當尼姑也不會嫁給這種人的。

汪大慶慇懃地拉椅子讓我坐下，然後他坐到我對面去，我卻板著臉，連正眼也沒有瞧他一下。施建謀仍然像前次一樣，坐在一個角落裡遠遠地望著我；雖則他今次的眼光並沒有嘲弄的意味，可是，仍然看得我心慌意亂。我屢屢叫錯了牌，第一盤我們這一對就輸得一塌糊塗。

我無心再玩下去，我站起來說：「雪玲我還有事，要早點回去，不陪你們玩了。」

「你花樣真多！一會兒頭痛，一會兒有事的。好吧！反正也留你不住，你就回去吧？誰替我送小姐回去呀？」雪玲怪聲怪氣叫著。

在我還沒有來得及開口拒絕，在汪大慶正在嘻皮笑臉的想說什麼時，施建謀突然用堅定而洪亮的聲音說：「讓我來送。」說著，他就站起身來走到我身邊。他很高，比我那竹竿似的老同學范光還要高，卻是並不瘦，一套合身的西裝穿在他身上非常挺適。

他這突然的舉動使我震驚，我愣然地望著他，也望著雪玲。雪玲好像看透了我的心事似的，狡獪地笑著說：「施先生願意當你的護花使者，你還不趕快謝他？」

討厭！到底葫蘆裡賣的什麼藥嘛？我真想掉頭而去，但是，為了禮貌，我又不得不敷衍兩句：「謝謝你，施先生，我可以自己回去的。」

「我送你好了，反正我也要回去。」這個可憎的人原來有著相當溫文的笑容。

「人家施先生有車子。」雪玲在旁邊補充著。

哦！原來是有車階級！只不知是三輪車呢？還是小汽車？他沒有自己說出來，倒還不算得是個輕浮之輩。

門口停著一部摩托車。簡直是怪事！一個文質彬彬的人喜歡騎這種玩意兒！施建謀禮貌地請我坐到後座去，平生第一次被人載在這種車子上，雖然有點緊張，但倒是很夠刺激的。

他問了我的地址後，一路上都是專心駕駛，沒有跟我講過話。到了我家門口，我跳下車來，向他道謝並且告別。他溫柔地望著我說：「李小姐，以後我可以來拜訪你嗎？」

我考慮了幾秒鐘，然後微微點著頭說：「當然！」我覺得我這兩個字用得很得體。因為拒絕一個禮貌周到的新朋友是失禮的，如果說「歡迎你來」又似乎太親熱了一點。

他開心的笑了笑，舉手向我一揚，然後發動車子，絕塵而去。望著他騎在車上直挺挺的背影，我忽然忘記了他的可憎之處——老是坐在角落裡盯著我。

走進屋裡，我立刻打電話給雪玲。她在電話中聽到我的聲音，還沒有說話，立刻就咯咯地笑個不停。

「笑什麼嘛？死相！你今天晚上到底弄什麼把戲？」我生氣地說。

「你先告訴我，那一個好？」她把聲音壓低，顯然是她家裡還有客人。

「都不好！」我大聲說。

「你不要違背著良心說話啊！」她再度把聲音放輕說：「他很有紳士的風度吧？也很帥！對不對？」

「你到底在說誰？」

「別裝蒜啦！就是送你回家的那位呀！」她小聲的說完，就大聲地笑了起來。

＊　＊

我以為施建謀會在第二天打電話來約我出去，但是他沒有，第三天第四天也沒有，我已經幾乎把他忘記了。一直到第五天，正好是週末，吃過晚飯，我準備出去看電影時，他卻不速而至。

我帶點意外地接待著他，並且把他介紹給爸爸媽媽。從爸爸媽媽的眼色裡，我發現他們對他彬彬有禮的態度都很有好感。坐了一會兒，他問我說：「出去走走好嗎？」

「好吧！」反正我無聊得發慌，就隨口答應了。

他仍然把我安置在他摩托車的後座，只向我說了一聲：「我們喝茶去。」並沒有徵求我的同意，就像風馳電掣地往前衝。

他把我載到淡水河邊的露天茶座去。嚇！鴛鴦座上坐著一對對青年男女，都在卿卿我我的。他怎麼會想到帶我到這種地方來？難道他又是一個金博士，第二次見面就要向我求婚？我打定主意：假如他要我和他坐鴛鴦椅，我拂袖便走；現在且看他耍什麼花樣？

還好，他到底沒有失去應有的紳士風度，並沒有要我去坐鴛鴦椅。我們對坐在靠近河岸一副座頭上，河水在腳下潺潺流過，涼風從河面吹來，在暮色蒼茫裡，環境倒是挺清幽的。茶房送上兩盞清茶和一碟瓜子一碟糖果，但是，他立刻就叫他把瓜子和糖果拿走。

「吃瓜子最不衛生了，那些糖果看著也是髒兮兮的，不要為妙。」他向我解釋著。

小腿上一陣癢，我用手一抓，手上黏黏的，拿起來一看，是隻帶血的死蚊子。耳朵邊嗡嗡在響，我把頭一搖，兩隻蚊子飛到我的鼻子上來了。我手忙腳亂的趕著蚊子，他卻好整以暇的在呷著茶，一雙銳利的眼睛在默默地注視著我，似乎一點也沒有發覺我的困擾。

我心裡很氣，可是又不便發作，更不便站起來就走，只有呆呆地望著在黑暗中閃著微光的河水，暗暗在埋怨雪玲多事。

「李小姐，沈太太有沒有把我的情形向你介紹過？」他忽然打破了沉默。

「沒有呀！她為什麼要向我說呢？」我不解地睜大了眼睛。果然又是一個金博士，我想。

「那麼，讓我來介紹自己好不好？至於李小姐方面，我倒是知道得很清楚了。」他喝了一口茶，清了清喉嚨，一雙炯炯的眼睛仍然注視著我。「我是福建人，單身一個人在這裡。七年前在臺大經濟系畢業，現在在一家銀行當襄理，每個月的收入還不錯，銀行裡也有點存款……。」

他說到這裡，我忍不住噗哧地笑了起來：「你對我講這些幹嗎？像背自傳似的，我又不要調查你的身世。」

「你不喜歡聽這些，那麼我講點別方面的。我現在一個人住在公家的宿舍裡，吃的是包飯。我的嗜好是下棋、釣魚、看武俠小說、聽音樂……。」

乖乖，除了音樂，跟我完全志不同道不合。「你喜歡聽那一類的音樂？」我截住了他的話。

「幾乎所有的音樂都喜歡；熱門音樂、輕音樂、國樂、流行歌曲、黃梅調我全喜歡。」他興高采烈地說。「李小姐你呢？」

「我全不喜歡！」我面無表情地說。一雙手又在忙著去趕臉上和腳上的蚊子。

「李小姐的嗜好是什麼？」

「睡覺！」

「那裡的話？李小姐開玩笑。」

一個賣獎券的小女孩走到他身邊，塞給他一張獎券。他臉色一變，惡狠狠地就把小女孩推開：「走開！走開！少囉嗦！」

小女孩哭喪著臉想要走開，我卻把她喊住：「小妹妹，來，我買一張。」

「謝謝小姐！」小女孩千恩萬謝的接過了錢，得意地瞪了他一眼，然後歡天喜地的走了。

「你——你——」他氣得臉色發青，用手指著我說不出話來。

「沒什麼，我只是盡我的一點能力去幫助一個可憐的孩子就是。」我聳聳肩說。

在黯淡的燈光下，我望著對方，因為生氣而繃得緊緊的白淨的臉以及一身筆挺的西服，惡作劇的心又起。人心是多麼難測呀！在美好的軀殼內，一個人的靈魂居然會這麼醜惡，就像這個坐在我對面衣冠楚楚的紳士。

我挽起手提包、四面張望了一下。

「你要走了？」他立刻緊張起來。

「不，我馬上就回來，你別走開。」我說。

他明白了我的意思，說：「你知道在那裡嗎？」

「我可以去問茶房。」說著，我投給他一個甜甜的笑，就往出口處走。我知道黑暗會把我從他的視線中掩蔽起來。我一口氣走到馬路上，立刻跳上一部三輪車。

＊　＊

我輕輕地推開范光的房間——他在家的時候，房門從不下鍵的。暮春的天氣已有點燠熱了，他正穿著汗背心和短褲斜倚在床上看書。也許是他看得太入迷了，我開門時他竟然沒有察覺到，直至我走到他床口，他才嚇得跳了起來。

「啊！樂真，不！你先出去，讓我穿上外衣。」他手忙腳亂地抓起床上那條污黑的棉被直往身上蓋，那副狼狽相令我笑彎了腰。

「有什麼關係嘛？看你怕成這個樣子，簡直變成個大姑娘了。」我笑個不停的說。

「我這樣太沒禮貌了，請你出去一秒鐘好不好？」他哀求著。

「看你可憐！我背轉身一秒鐘，限你在一秒鐘穿好。」我說著，離開了床口，走到窗前去站著，等我轉回身去時，他已把一件又髒又皺的香港衫和一條舊咔嘰褲穿上。

他一面扣著上衣的鈕扣，一面定睛的看著我，眼裡發射著一種奇異的光芒。

「怎麼樣？范光，你不認識我了嗎？」我問。

「樂真，今夜我才發現你是個這麼美的女孩子。」他一臉讚嘆的神色。

「為什麼？我今夜有什麼不同嗎？」

「當然不同！以前你來我這裡總是穿著寬大的襯衫和西裝褲，臉上也沒有化妝，就像個男孩子似的；可是現在，你穿著這身淺紫色的衣裙多美！樂真，什麼時候我替你畫一張畫像好不好？」

「好是好，不過，以後我也許不再打扮了。」我嘆了一口氣。

「為什麼？」

「今天我又摔了一個男朋友了，這個銀行裏理是個小氣鬼。」說到這裡，我大笑起來。

「他現在還在淡水河邊的露天茶座等我，我騙他說我要上洗手間，罰他坐在那裡餵蚊子。啊！那邊蚊子真多！夠他受的。」

「樂真，你真要命！男人遇到你就倒霉！」范光坐在床沿上微笑著說，他的眼睛仍然注視著我，露出迷惑的神色。

「不一定，假如我喜歡那個男人的話，我不會作弄他的。」我走到他的身旁坐下。

「你是怎樣認識這個人的？」他轉過頭來問。

「也是雪玲介紹的？」

「這次她一定氣壞，又要和你絕交了。」他笑著說。

「這次我不怕她。」

「為什麼？」

「因為我不再需要她介紹男朋友了。」

「你已經有了對象？」

「嗯！」

「是誰？」

我把頭靠在他瘦削多骨的肩上，雙手攬著他一隻手臂說：「范光，我已打定主意了，我要嫁給你。」

他的身體在微微抖動，聲音也是發顫的。「樂真，你是不是喝了酒？」我仰起頭從他的肩膀上望著他的側臉，他卻低垂著眼瞼，看也不敢看我一眼。

「沒有呀！我一滴酒都沒有喝。」我的頭仍然靠在他的肩上。

「樂真，我——我配不起你。」

「你愛不愛我？」

「樂真，我只是個窮教員，我唯一的本領就是會畫一些沒有人看得懂也沒有人欣賞的畫。我從來不會夢想到一個像你這樣的闊小姐會看上我，你不是在開我玩笑吧？」他說到最後一句時，偷偷看了我一眼，我發覺他滿頭滿臉在冒汗，我摟住的那雙臂膀也是濕黏黏的。

「誰跟你開玩笑嘛？我要你正面回答我。」我把他摟得更緊。

「樂真，我不知道怎樣說才好。我一向是很喜歡你的，我們本來就是好朋友，是不是？」

「誰跟你好朋友，你到底愛不愛我嘛？快點說呀！」我死命的搖撼著他。

「我說！我說！可是你快放手呀！熱死了！」他叫了起來。

我放開他，用手帕把手上的汗漬擦掉，然後又把它當作扇子在搧著風。

「對不起！樂真，我連一把電風扇都沒有，扇子又還沒有買。」

「別亂以他語，我在等著你回答。」我霍地立起身來站在他的對面，雙手叉腰，彎下身去和他臉對著臉的定睛看著他，直到他忍不住笑了起來為止。

「你這個頑皮鬼！」他笑著就伸出手來在我的腰上哈癢，像我們以前在小學一樣。

我把身子一閃，不小心就跌倒在他的懷裡，然後又從他的懷裡滾到他的床上。當我翻過身子想要起來向他反攻時，他卻撲到我的身上，同時把兩片灼熱的嘴唇壓在我的嘴唇上。

我閉著眼睛，在黑暗中看見了無數彩色的小星星，就像他所畫的那幅「黑暗中的希望」裡的紅紅綠綠的小圓點一樣。

生活

方太太的一天

是頭皮癢把方太太癢醒的。眼睛還沒有睜開，一雙手就從被窩裡伸出來向頭皮上猛抓。今天該去做頭髮了吧？又是週末啦！做完頭髮，去逛逛西門町，看看委託行有什麼好貨色，然後，到美娟家裡去赴牌局，時間不是正安排得不能再好嗎？哎喲！癢死我了，這個鬼頭怎麼搞的？得快點去洗了才舒服。

「阿霞！」方太太扯著喉嚨大聲的叫。

「太太，起來啦？」身段苗條，卻長著一張胖臉和一對小眼睛的阿霞推門走進了房間。

「現在幾點鐘了？快給我放水！」

「十一點半了，太太！」

「該死！怎麼不叫我？我下午還有事情嘛！」方太太霍地坐了起來。「快點給我放水去！」

「是太太吩咐過我不許來吵的嘛！」阿霞往後走了兩步，又回過頭來：「太太，老爺說他今天晚上不回來吃飯。小姐和少爺也說不回來吃飯。還有，少爺剛才又向我借了二十元。」

「知道了！快點去放水嘛！」方太太沒好氣地說。「你還站在這裡做什麼？」

「太太，少爺一共欠了我一百元了。」

「一百元就一百元，你怕我逃了你這一百元嗎？我叫你不要再借錢給他的，你為什麼偏不聽我的話？」方太太吼了起來。

「不借給他，少爺會揍人的，我怕！」阿霞最怕方太太的吼聲，她一面小聲嘀咕著，一面就逃出了房間。

方太太坐在床上，一面生她丈夫和孩子們的氣，一面又臥倒下來，把兩條大腿向上一舉，就作起「仰臥踏車」的健美操起來。這種健美操的方法她是從報紙的家庭版上學來的，據說可以減少腹部和大腿的脂肪。想起來真傷感情，我的體重已越過六十公斤的大關啦！雖然還不至於像水桶，但起碼已有資格加入肥婆之列。這種運動據說要長期做才有效的，我已實行了一個多月，卻似乎一點功效都沒有。真氣人！更氣的是阿霞那個醜丫頭居然有一副玲瓏的身段。每看到老頭子死死地盯住她那對豐滿的乳房時，就恨不得把他的眼珠子挖出來。還好阿霞的臉生得醜，不然，不出事才怪哩！還有小龍那個小鬼也不是好東西，完全是他老子的翻版，一雙賊眼也開始在阿霞的身上溜來溜去了。不行！我一定得想辦法把這鬼丫頭辭退，換個老媽子才行，否則遲早一定會出事。唉！真是的，別人都羨慕我的命好，可是，家家都有本難唸的經，誰知道這個家庭裡除了我以外，都是問題人物！小鳳本來是個最聽話的好孩子，怎曉得她偏偏愛上了那個學音樂的窮學生。想想看，學音樂還能有什麼出路？將來嫁給他，豈不是要喝西北風過活？我不准她跟那個窮小子來往，她就偏偏多跟他親熱一點，現在居然天天都不回家吃飯了。老頭子都不管一下，我又何必瞎操心？好！不管就大家都不管，我也省得傷腦筋，免得在臉上又多增加一道皺紋。

五分鐘的健美操做完，方太太已是氣喘如牛，滿身大汗。她爬了起來，跌跌撞撞地走進浴室，脫下睡衣和內衣，整個人就癱軟的躺在浴缸內。在白濛濛的水蒸汽中，鏡子裡模模糊糊地出現了一具肥碩的肉體，就像一隻刮了毛的白皮豬。用換下來的衣服把鏡子擦了擦，那裡面又出現了一張浮腫的臉，頭髮都誇張地蓬鬆著，像團亂草，那是她剛才用手抓頭皮的結果。她習慣是在洗完澡才洗臉的，此刻，受了水蒸氣的蒸薰，臉上的化妝品都開始掉落，一張臉上黑一塊、青一塊、白一塊、紅一塊的，活像戲台上的大花臉。方太太也懂得在睡覺前應該把臉上所有化妝品都洗去的道理；但是，她就不願意這樣做。我不能讓老頭子看見我原來的黃臉婆模樣呀！女人在年輕時還可以恃著青春的天生麗質，以本來面目示人。年紀大了可就不行，雖然是老夫老妻了，也不能給他太壞的印象，何況他是個「老不修」。敏如的丈夫不是已經在外面有了人嗎？男人呀！就都不是好東西！哼！

洗過澡，坐在梳妝桌前，方太太先在臉上塗上潤膚液、粉底霜，然後，仔細的撲粉、描眉毛、畫眼線、塗唇膏。現在的她，似乎突然年輕了十歲。她得意地對鏡一笑：我還不至於太老吧？怪不得在馬路上還常常有男人向我注視，其實我還相當好看的呀！

「阿霞，快給我沖杯咖啡，我要出去啦！」心情一好，方太太的聲音就柔和多了。

「太太，你不吃飯？中飯馬上就好了！」阿霞從廚房裡走出來，一面用圍裙擦著手。

「不吃了。我晚上也不回來吃，你一個人吃吧！」

「太太，人家本來也約好隔壁阿珠去看電影的。」阿霞大膽的嘛起了嘴。

「你這個死丫頭，就曉得去踢土。明天再去不行嗎？」方太太繃著臉大喝一聲。但是，當她想到常常生氣會破壞美容時，立刻就把臉色緩和下來，揮揮手，把阿霞和所有的不快都趕出去。

喝完那杯不摻牛奶和糖的黑咖啡，方太太就挽起皮包，一扭一扭的出門去。

到了她常去的那家美容院，她那個五號的師傅稱讚她愈來愈年輕，給她做了一個像在頭上插了許多根雞毛的新穎髮型，樂得她大方地給了十塊錢的小費。

從美容院出來，方太太突然感到飢餓難忍。當然哪！現在已經三點多鐘了，除了那杯黑咖啡，什麼東西都沒有進過口，怎能不餓呢？對面就是一家小吃店，又是家鄉寧波口味的。方太太走了進去，叫了一籠小籠包、一碗油豆腐細粉，也不管她的減肥計劃，就呼嚕呼嚕的，一掃而光。

揩了揩油嘴，重新塗上口紅，方太太這才心滿意足的去逛委託行、珠寶店和百貨公司。今天她並不是真正的要買東西，她只想巡禮一番，看看有沒有合意的，假使晚上她贏錢了，明天就來買。

五點半，她到了美娟的家，美娟和另外兩個女友，正等得不耐煩，大家都在埋怨她遲到。

「有什麼辦法嘛？我忙得很啊！」方太太嘆了一口氣說：「上午，我等我兒子的家庭教師來談時間和價錢。剛才，又陪女兒去買衣服，還替我先生買禮物送給他的董事長，他們董事長就要過生日了嘛！」

「喲！想不到你還是個賢妻良母哪！」美琴似笑非笑地，怪聲怪氣的叫了起來。「算了吧！賢妻良母，咱們打牌要緊。」

四個人落座坐定，在洗牌的嘩啦嘩啦聲中，方太太開始進入一個忘我的境界裡。丈夫的好色，女兒跟窮小子談戀愛，兒子的太保行為，阿霞的跋扈，還有自己不受控制的體重，這些偶然也會使她煩心的問題，全都隨風而逝。

今晚要加班

「請問，這裡是萬隆公司嗎？」一陣嬌滴滴的、軟綿綿的聲音從話筒裡傳過來，彷彿還傳來一陣香風。

小王的瞌睡蟲不知溜到什麼地方去了，他眉開眼笑地，用最溫柔的聲音回答：「是的，小姐要找誰？」

「唔！我要找張總經理。」電話那頭的聲音發嗲得使小王幾乎渾身酥軟。

「請問小姐貴姓？」他故意在拖延講話的機會。

「我叫小翠。你告訴他小翠找他就行。」

「好的，請你等一下。」沒有辦法再拖延了，只好盡量表現出自己的彬彬有禮。

「謝謝你啊！」聲音依然甜得醉人。

「張總經理，有一位小翠小姐打電話給你。」小王轉過去，向坐在面對大門的大辦公桌後的張總經理說。

頭頂光得像個一百燭光燈泡的胖胖的張總經理，有點緊張地抓起話筒，低低地說了一聲：

「喂！」

小王偷偷地瞄過去，張總經理的胖臉和小眼都漾滿了笑意，不斷地點著頭，嘴裡嗯嗯啊啊的應對著，到最後才輕輕的說了一句：「我馬上來。」

他一定是怕被我聽到。小王心裡想。其實，有什麼好怕的？這個女的敢打電話到公司來找他，不就等於公開了他們之間的關係？更何況，總經理的風流事跡，在公司裡也早已是公開的祕密？一個人呀！只要有了錢就可以隨心所欲，可以享受一切。像我們這種當小職員的，辛辛苦苦幹一個月，拿來的薪水，顧得了吃，就顧不了住，一個家就像個狗窩似的，還有窩裡那個黃臉婆，真是不提也罷！

「永利兄，我有事出去，這裡請你招呼一下。」張總經理挺著個大肚子，提著個〇〇七式的公事包站在小王的辦公桌前。他每次「早退」，對小王就特別和顏悅色。

小王連忙站了起來，畢恭畢敬地：「是的，總經理！」

從辦公廳的窗口往下望張總經理那部奶油色的小汽車開走了。哼！小翠，有錢的大爺就可以隨時去找樂子？現在才不過四點半鐘，我可還有一個半小時好熬哩！

總經理室裡，只有張總經理和秘書的小王兩個人在辦公。總經理一走，他就肆無忌憚地把腿往桌子上一擱，點起香煙，猛抽一陣。抽煙他還是近年才學會的，剛學時是為了應酬，近來一則是為了解悶。可能是因為這些日子以來的心情一直不大開朗吧，他的煙癮也似乎愈來愈大，一天一包有時還不夠。為了煙錢的問題，他跟妻子之間，就永遠吵個未完。

「家裡一天只有三十塊錢買菜，你自己卻花了十塊去買煙，你有良心沒有？」每次吵架，妻子總是這樣先向他開火。

「三十塊錢還少？人家老李每天只給他老婆二十塊買菜，卻是吃得又白又胖的。是你自己不會買不會燒，怨得了誰？」

「人家二十塊錢幾個人吃？我們三十塊又是幾個人吃？你這個人講不講道理？」

「我不管，反正我一個月就是賺這麼一點點的錢，怎樣安排，是你們做女人的事。」他索性橫蠻下去。

「你不抽煙，錢就好分配一點。」

「啊！我每天辛辛苦苦去上班，就不能有一點嗜好？別的男人，打牌、跳舞、上酒家，高興玩什麼就玩什麼。媽的，就是我王永利最倒霉！」

「人家有錢嘛！你也不照照鏡子，自己是什麼貨色？」

「還不是你這個白虎星害的，自從娶了你以後，我就處處倒霉。當初我也不知道是不是瞎了眼？要不然怎會看上你的？」

「是呀！我早就知道你嫌我了。還來得及嘛！我們離婚去！」

每次，妻子總是一把眼淚一把鼻涕的把爭吵結束。當然，他們也沒有真的去過法院。

這個家，對小王而言，並不像詩人筆下的天堂或在塵世的避難所。它只是一個窩，裡面充滿了妻子的叫罵和孩子們的哭鬧；但是，他仍然不得不去，因為他需要填飽肚子和睡覺。

我為什麼要那麼早就結婚，那麼急著把一個枷往自己脖子上套？假使現在還是獨身一個，豈不是可以跟別的同事一樣逍遙？錯！錯！錯！錯就錯在不應該那麼早結婚。

香煙燒到他的手指，小王這才猛然警覺起來，把香煙蒂丟到煙灰缸裡，狠狠地把它按熄，抬頭一看，壁上的電鐘已快五點半，他想起還有幾件公事沒有辦好，就趕忙把兩條腿收回來，利用那剩餘的半個鐘頭，匆匆擬好幾份公事。

六點差五分，他把辦公桌收拾好，走到外面的大辦公廳去，同事們都已下了班，只剩下工友老陳在打掃。

「老陳！」小王走進去拍拍他的肩膀。

「啊！王秘書，你還沒有回去？」老陳站直了身子，臉上堆起了奉承的笑容。

「嗯！」小王點點頭。「老陳，你身上有沒有一百塊錢？先借我用一下好不好？」

「有！有！」老陳馬上就從口袋裡掏出一疊鈔票來。「一百塊就夠了？」

「夠了，謝謝你。發薪水的時候我一定還給你。」小王只拿了一張。他知道老陳晚上還在家裡的門前擺麵攤子，鈔票賺得不少，不過，他並不想多借。

「王秘書你急什麼？慢慢再說吧！」

「老陳！還有一件事拜托你。等一下你回去的時候，請你順路到我家裡去說一聲，說我今天晚上有事要加班，要晚一點回去。」小王走到大門口又轉過頭來這樣說。

「好，您放心好了，我一定會向王太太交代的。」

老陳那張質樸的大臉露出了一個神祕的笑容，這使小王很放心，他知道老陳不會出賣他的。

他走到大馬路上，投身在人潮裡，一面盤算著應該到那一些男人該去的地方去。

她是個職業婦女

一手提著皮包和一個脹得鼓鼓的塑膠袋子，淑倩氣喘喘地趕上一部快要開行的公共汽車，勉勉強強把自己塞在車門後的階梯上。車子裡是擠得水洩不通，連轉個身都感困難。她一手挽著東西，一手抓著車門的扶手，被擠得氣都透不過來。心中不禁直嘀咕這簡直不是人過的生活，在辦公廳熬了八個鐘頭，下班還要受公車的罪，何況等一下回到家裡，又有大堆的家事等著她去做？在公車裡受了半個鐘頭的罪，淑倩在黑暗的小巷中蹣跚地走著。現在的她，已是筋疲力盡，再也顧不到儀態美了。

家裡，丈夫和孩子們都坐在電視機前看得津津有味，對她的出現，竟然沒有人看她一眼。她也沒有理會他們，逕自回到房間裡，脫下上班的衣服，換上家常服，立刻走進廚房。孩子們在放學後已用電鍋把飯燒好了，現在，她只要從冰箱中拿出那些早上做好的菜熱一熱就行。但是，她是多麼的疲倦啊！在公共汽車中站了半個鐘頭，腳尖和腳後跟都已隱隱作痛。此刻，假使她也可以像丈夫和孩子一樣，坐在電視機前面，她相信，她一定會感到非常幸福的。要想男女平等真是談何容易？丈夫每天要上班，我也每天要上班，但是，為什麼全部家務就都要我負擔起來呢？

一面熱菜，淑倩一面把她帶回來的東西從塑膠袋裡拿出來，一條土司麵包已被壓得不成形，一包餅乾也壓碎了不少。有什麼辦法？每星期上一次菜場，那裡有辦法買夠全家一週的伙食，還不是只好每天在中午下班的時候，到機關附近的商店去補充？做主婦的困難，若不是親身經驗過，又有誰瞭解？若說男人是一家之主，那我真是不甘心。男人唯一的任務只是賺錢養家；但是一個主婦，不論是否要她負擔家計，生兒育女的天職以及那份繁重的家務，就比男人重要得多。

晚飯桌上，是孩子們向她疲勞轟炸的時候，有的說制服的鈕扣掉了，有的說要拿錢買參考書，有的說今天飯盒裡的菜不好吃。這些轟炸，加上白天的疲勞，使得她胃口全無。而那個一家之主的男人，卻似乎吃得很香，只見他一面大口大口地吃菜，一面眼睛注視著螢光幕，遇到有逗笑的鏡頭，就哈哈大笑起來。

也好，只要他開心，只要他健康無事，我受點委屈又何妨？一個家庭主婦，原來就註定了是個殉道者呀！

吃過晚飯，那群忠實的電視觀眾，又離開飯桌，回到沙發那邊去。淑倩默默的收拾好桌子，然後到廚房去洗碗。以前，她曾經天真地想過，我燒飯，他洗碗！這該是天經地義的事情吧！於是，她在看電視影集「小英雄」時就半開玩笑地對他說：「你看，畢佛的爸爸多體貼他的太太，每餐飯後都幫她洗碗。」

他沒有作聲。晚飯後，倒是搶著把碗盤拿去洗了，可是，從廚房裡出來的時候，臉色卻是鐵青的，嚇得她以後再也不敢求他做任何家事。

讓孩手們輪流洗碗的辦法她也實行過。然而，一則他們既洗不乾淨，又會打破碗盤；二則，他們洗完以後，她還得進去收拾廚房。算了，還是認命了吧！你不是個註定的殉道者嗎？

人真是最矛盾的動物，她記得幾年前參加過一次同學會。很多沒有出來社會做事的同學都羨慕她是個職業婦女（「職業婦女」這個名詞真的能夠提高女性的身分嗎？她到現在還在懷疑著）；但是，她卻羨慕那些可以在家納福的闊太太。不必趕早起床，不必自己燒飯洗碗，不必擠公車，不必看上司的臉色，這一切，在我都是夢寐以求的事，居然還有人羨慕我這個小小的頭銜，那簡直是不可思議！

以前，電視機剛買來的時候，她也曾興致勃勃地，甘心為了一個好看的鏡頭而僕僕奔馳於廚房與客廳之間。現在，她連看電視的興趣也失去了，只想快點把煩人的家事做完，好上床去睡覺。

可惜，等到她一切都收拾停當，自己也洗澡了以後，已往往是深夜十一點以後。她一躺上床，便會像一個勞動者那樣，立刻沉沉入睡，彷彿是一截沒有知覺的木頭。也幸虧她能夠如此，否則又那有精神去迎接同樣艱辛的明天呢？

淑倩一面洗碗，一面在準備明天孩子們飯盒的菜，假使她不這樣做的話，早上即使五點鐘起床，也會來不及。當她正忙得暈頭轉向的時候，孩子們卻不時在客廳大叫：「媽媽，快來看！好好玩的一隻小狗！」或者是：「媽媽，快來看！好棒的特技表演啊！」

金老闆的新年

一陣劈劈啪啪的鞭炮聲把金老闆從睡夢中驚醒，他睜開惺忪的睡眼瞥向窗外，迷濛的曉色使他知道是他平日起床的時間，但是，遠處此起彼落的鞭炮又提醒他今天是新年，用不著急於起床開店。是的，女兒早就為他計劃好，趁著過年，要他好好休息幾天，跟鄰居打打小牌，下下棋，去看看戲，逛逛街。女兒是孝順的，二十五歲了，還不嫁人，她對爸爸說她還沒有合意的；其實，做爸爸的知道，女兒是不放心老子，她不能捨下他一個人獨自守著這個空洞的家和這爿小小的雜貨店。

唔，今天過年，用不著開店。我可是做什麼事好呢？打牌？萬一輸了怎麼辦？下棋？跟誰下？看戲？逛街？街上人那麼擠，公車那麼擠，有什麼好玩？而且，跟誰去玩呢？阿秀她自己有自己的男友，跟我這老頭子出去才沒有意思哪！要是老伴還在那就不同了。老兩口帶著個嬌女（假如老伴還在，說不定都已經有了女婿和外孫了）去逛街，那該多神氣！多快活！我不但要帶他們去看戲，還要上館子，還要逛公司，假使母女倆看中什麼貨色，我也要毫不吝嗇的買給他們。唉！可惜老伴沒有這份福氣，死得太早，可恨的癌症奪去了她的生命，一眨眼又快十個年頭！

那個時候阿秀初中剛畢業，本來，我要她繼續升學的。這孩子可真是太孝順，太懂事。她說，她不要再唸書了，爸爸一個人又要照顧生意又要料理家務太辛苦，假使她不去上學，就可以助爸爸一臂之力。我說我可以雇一個人來幫忙。她說，何必呢？雇人既要花錢又不可靠。女孩子唸那麼多的書幹什麼？懂得寫信和記帳就行。就這樣，阿秀變成了我的左右手。不用說燒飯洗衣這些女人的事全是她一手包辦；就是店裡記帳、進貨、賣貨這些事情她也全部可以幫忙。她到現在還不嫁人我固然替她著急；可是，有一天她真的出嫁了，我也不知道該怎麼辦啊！

窗外的鞭炮聲愈來愈響，天色也愈來愈亮。金老闆打了一個哈欠，翻一個身，但覺毫無睡意。年紀大的人不喜歡睡懶覺，再說，他已早起慣了，賴在床上也沒有什麼意思，不如乾脆起來。

他一骨碌的爬了起來，穿好衣服，走出了臥房。隔壁房間裡，一點聲音都沒有。年輕人是應該多睡點的，何況今天過年，又不要開店？金老闆躡手躡足的走到廚房去。他想：平日都是阿秀替我準備早餐，今天我來做點好吃的東西給她吃！也好表現出爸爸愛女兒的心意呀！

冰箱裡擺滿了昨天晚上剩下的好菜。那頓年夜飯，只有父女兩人共吃，真不夠味道！這個家太冷清了，太殘缺了。多年前，就有人勸我續絃，為了阿秀，我不願意這樣做。現在，阿秀長大了，我也老了，就讓這個家永遠冷清，永遠殘缺下去吧！

金老闆搖搖頭，想搖去那一份傷感。這時，他忽然瞥見了冰箱底層上那盤鑲嵌著紅棗和瓜子的年糕，黃褐色的圓圓的糕身上配著紅紅白白的小點，看起來好漂亮。那還是阿秀親自蒸出來的哪！我這女兒可真有一手啊！本來，家裡只有兩個人，又何必花那麼大的工夫？買一塊現成的不就得啦？但是，阿秀執拗著，非要自己做不可，她認為什麼都要自己做才像過年。這是個好女孩，誰娶到了她誰就有福。然而，她二十五了，還整天躲在家裡沒有男朋友。

對！讓我煎年糕給她吃。金老闆把年糕拿出來，調好了鴨蛋和麵粉，把切好的年糕蘸上混有蛋汁的麵粉，放到油鍋裡煎。這是他的拿手本領，因為他有耐性，可以把年糕煎得又香又脆又軟，黃澄澄的像塊金子。在油煙裡，在吱吱的油爆聲裡，在香味中，金老闆一時忘記了現實。

「爸爸！你怎麼搞的嘛？這麼早就起來？」不知道什麼時候，阿秀已站在他的身後，嘛著小嘴在埋怨他。

「咦！阿秀，你也起來了？大年初一，怎麼不向爸爸恭喜？」一看見女兒，金老闆就開心得眉開眼笑的。

「誰叫你不聽話嘛？」阿秀還是撒了一句嬌，然後才掩嘴竊笑著，微微的彎了一下腰說：「恭喜爸爸過年好！」

「好！好！這才是我的好女兒！」金老闆笑瞇瞇的放下了手中的鏟子，伸手到口袋中去掏出一個紅包，塞到阿秀手中。

「謝謝爸爸！」阿秀剛接了過來，馬上就聞到一股焦味。於是，她乘機推開了爸爸：「爸爸，你看，你不會煎的，還是我來吧！」

鏟子被女兒搶去了，金老闆無可奈何的只得讓賢。

廚房裡沒有他的份兒，只好走到前面去。店門緊閉著，店裡堆滿了貨物，連走路的地方都沒有。回到自己的房間裡，把床鋪收拾好，馬上又沒有事情可做。他站在房間裡，搓著手，一會兒，不聲不響的又走到前面去，把店門打開，把堆放在過道上的貨物搬到門外。

當他正做得起勁時，阿秀捧著一盤年糕到前面來。「爸爸，你是怎麼搞的嘛？幹麼又把店門打開了？大年初一還做生意，也不怕被人笑話！」女兒在發嬌嗔了。

「阿秀，你要知道，你爸爸是閒不得的，不做生意，你叫我做什麼好呢？」

「好了，爸爸，我說不過你。你先趁熱吃完年糕再說吧！」阿秀把年糕放在桌子上，一面把爸爸按在椅子上坐下。

阿秀煎的年糕果然比爸爸煎得還要好，父女兩人對坐著，吃得津津有味。

「金老闆，恭喜恭喜！你今天沒有休息呀？」鄰居老劉走了進來。

「恭喜！恭喜！劉先生，請進來坐。」金老闆連忙站了起來。「我本來想休息幾天的。可是，關起店門來，閒著也是閒，怪無聊的，所以，乾脆就不休息算了。你請嚐嚐這年糕！這可是我女兒自己親手做的呀！」

這時，阿秀已捧著一杯熱騰騰的香茗出來奉客了。

橋頭的陌生人

這是第三次了，董靜芝發現那個人每天早上都在那裡等交通車。冬天早晨的橋頭很冷，寒風從河面刮過來，會使人臉皮發痛。在車站上等車的人個個都縮著頸、彎著背。雙手插進口袋裡；唯獨那個人，彷彿一點也不怕冷。每次看到他，脊梁總是挺得那麼直，神態總是那麼雍容自若；在一群候車的人裡，總是顯得那麼突出。

他是個非常體面的中年人，有著一張方方正正的臉，五官都長得很順眼，皮膚紅紅潤潤的顯示出他良好的營養狀況。他大約有四十歲的樣子，身材不高不矮、不胖不瘦，但卻強壯而精悍。

第一次看到那個人的時候，靜芝以為他是等公共汽車的；後來看見他登上了某某會的交通車，才知道他的身分跟自己不同，人家到底不是公車的搭客。這個人一定是個高級職員，靜芝這樣想。看他穿得多講究！身上那件淺灰色的大衣，一看就知道是舶來品。當然哪！他那個是半洋的機關，待遇必定很優厚。收入多的人。誰不把自已打扮得衣冠楚楚呢？

不過，那個人之所以吸引靜芝的注意，並不是出於他考究的衣著，她不是個虛榮勢利的人；那是由於他高雅的風度。他很少跟一同等車的人講話，只是默默地站在那裡；等到車子來到的時候，他又總是站在最後，讓女職員們先上去。他的舉止是那麼從容不迫；溫文爾雅，使得靜芝禁不住多看他兩眼。

真是一位稀有的Gentleman！靜芝忍不住暗暗的把那個人和她機關裡的男同事們相比。他那些男同事們個個都像沒有受過教育的粗人似的，說話的時候口沫橫飛，句句不離三字經，令人有說不出的厭惡。為什麼我們機關裡就沒有一個像這樣高雅的男人？為什麼我從來沒有遇到過？

否則，我也不至於……。

想著、想著，靜芝的雙頰不禁泛紅和發燙起來。人家高雅、整潔、服裝考究、風度好，這關我什麼事？那個人跟我還是個完全不相識的陌生人哪！何況，看他那副富富泰泰、安安詳詳的樣子，一定有著個幸福的家庭，妻子美麗、兒女可愛……我妄想什麼？

某某會的交通車準時而至。兩個打扮入時的年輕小姐嬝娜地先走上去，另外三個西裝筆挺的男士也跟著上了車。那個人照例走在最後，不慌不忙，從容自在地，使得靜芝為之心折。

某某局、某某院、某某部……的交通車一一過去了，車子裡面的幸運兒安詳地坐著微笑。而她，卻站在冷風裡，吃著車塵，苦候那輛遲遲不來，從不守時的公共汽車。

不過，她現在已不以候車為苦事了；因為她可以看到他，而看到他以後又可以引起她無窮的遐想。

也許是由於心理作用吧？從此她竟有點羞於怯於跟他見面了。每天早上，還沒有出門以前，她總是渴望能快點見到他；可是，等到看見了，她又沒有勇氣正眼望他。只要在他不留意的時候偷偷瞄上一眼，她就感到無上滿足。說來可笑，幾天下來，她對這個陌生人的臉竟然熟悉得閉目就可以想像得出。她熟悉他那兩道濃眉的形狀，她懂得他的眼珠略略帶點褐色，她知道他的鼻子在側面特別好看、挺直得像個希臘的雕像。有一次，當她正在偷看他的側影，猛不提防，他忽然轉過臉來。四目相接的時候，直把她窘得滿臉通紅，低下頭去老半天不敢拾起。以後，她便都站得遠遠的，避免被他發覺。

啊！他看我的時候目光多麼溫柔、多麼和善！天天一同在這裡等車，他對我會有印象嗎？有印象又怎麼樣？誰會注意到像我這樣平凡的女子？平庸的、不出色的面貌、過時的衣著、三十八歲的年紀，任何人一看，都會猜我是個老師；到菜場去買菜的時候，人家又以為我是個家庭主婦。會計員的身分和老師倒不會差到哪裡，只是，老小姐和太太又是如何的截然不同！

老小姐，這個頭銜是從什麼時候開始加到我身上的？一想到這一點，她就不禁苦笑。大概是從三十歲以後開始的吧？在那以前，我還是個驕傲的小姐呀！女人的青春真是太短暫，只不過幾年的工夫，就像殘春的花兒一般枯萎了。

誰叫你那樣愛挑剔？誰叫你那樣眼高於頂？遠在老家的時候，那時她才不過二十歲，正是女孩子最驕傲的年齡；看男孩子一律不順眼，一談到異性就罵「臭男人」、「髒男人」。她母親對這種態度很不滿意，常常向她嘮叨：「靜芝呀！你就少罵兩句吧！你這樣討厭男人，難道將來要去當尼姑嗎？」

「媽，笑話！難道除了尼姑以外，我們女人就非要有男人不可？」她冷笑了一聲。

「你現在年輕，也許還不懂，過幾年你就會明白了。」做母親的嘆著氣，她的確是在為個性倔強的女兒擔心。

對母親的話，靜芝一點也不在意。幾年轉眼過去，她早已離開老家來到臺灣。她獨處異鄉，完成了學業，也順利地找到了工作。她過著自給自足、衣食無缺的日子；悠哉悠哉的，一點也沒有寂寞之感。廿五歲以前，她堅決拒絕所有異性的邀約。廿五歲以後，熱心的女同學和女同事紛紛給她介紹男朋友。在被動的情況下，她勉勉強強的赴過幾個男士的約會；但是，馬上又一個個的被她否決了。她不是嫌人家髮蠟抹得太濃、領帶的花色太俗、指甲縫有汙垢、嘴巴裡有煙臭……就是嫌人家談吐不夠文雅，或者一副色迷迷的模樣。將近三十歲的她，仍然保持著二十歲時的驕傲；男人在她的眼中，依然是「髒男人」、「臭男人」。

漸漸的，女同學和女同事們不再那麼熱心為她介紹了，董靜芝在大家的心目中漸漸變成了一個有著怪脾氣的老處女。過了三十大關以後，就連她本身也感覺到自己的確有點怪了。她放棄了打扮，放棄社交和娛樂，一下了班就躲到自己那間小小的房間裡，靠著一本一本厚厚的愛情小說來打發睡覺前的那段辰光。

如今，她當年的女同學以及年齡和她相若的女同事，全都綠葉成蔭。每當她們眉飛色舞地談論著自己的丈夫和兒女時，在一旁默默傾聽著的她，起初是不屑地鄙視她們（甘心為柴米鹽油操心一輩子的沒出息的女人），慢慢卻變得有點羨慕了（啊！她的女兒已上高中了，而她看來還比我年輕）。不幸的是，當她逐漸嚮往家的溫暖，逐漸不再討厭男人時，男人卻已不再看她一眼。一個得不到愛情滋潤的女人，就像一朵得不到陽光雨露的花朵，是特別容易枯萎的。

我為什麼不在二十歲時遇到那個人？假使在那個時候遇到這樣一個順眼的體面男人，也許我的觀念早就改過了。為什麼？為什麼？一切都是命中註定吧，是不是？

偷偷地瞄一眼，暗暗地思慕，這種滋味不是甜蜜的，卻是苦澀的；在靜芝的生命史上，她第一次嚐到了愛情的苦汁。不過，在事實上，她早已超過了織夢的年齡；每當午夜夢迴，她想到自己偌大年紀竟然為一個不相識的男人而神魂顛倒，就會因羞慚而自責不已。

當理智抬頭時，她會命令自己不要妄想而提早去上班。不要碰見那個人，是對一個熱昏的頭腦最有效的冷卻法。但是，大多數的時候，她還是不由自主地準時到達橋頭的車站，躲在候車棚的柱子後面，躲在別人的肩頭後面，偷偷地、暗暗地用愛慕的眼色凝視著那個陌生人好看的側影，而暫時得到心靈上的滿足。

有一陣子，那個人連續兩天都沒有在車站上出現，靜芝就惶惶然若有所失。他是生病了？搬家了？調職了？還是出了什麼事？她這一輩子，就算是剛離開母親的那一段日子，都不曾這樣牽腸掛肚過。好不容易到了第三天早上，那個人依時地踏著安詳的步伐走到車站，她才鬆了一口氣。

她躲在別人的肩頭後面悄悄地注視著他。他似乎瘦了一點，面色也不如往日的紅潤。他一定是病了，她想。果然，她聽見他的一個同事問他：「立德兄，感冒好了？」「是的，謝謝你。」他平日不大跟人講話，今天她還是第一次聽他的聲音。啊！他的聲音多悅耳！像有磁性似的。微微帶著點江浙口音，聽來更透著親切的味道，雖然只有短短的五個字，但已足夠她咀嚼一整夜一整天了。啊！我還知道了他的名字——立德，是「立德、立功、立言、三不朽」的那個「立德」嗎？

那一天，她的心情特別愉快，因為她覺得自己跟那個陌生人已有了進一步的了解。

在辦公廳裡，沒有工作的時候，她曾拿著一枝筆，在紙上塗滿了「立德」兩個字，然後又把它撕碎。晚上在家裡，當她倚在沙發上看小說的時候，偶而，就會不自覺地把書丟在一旁，嘴裡喃喃地念著「立德」兩個字。但是，等到理智一恢復，即使只有一個人獨處，還是禁不住面紅耳赤的，直罵自己該死。

這些年來，她已極少參加應酬。有一次，她一個很要好的女同事黃以潔買了新房子，請她去吃飯，並且聲明客人很少，而且大部分都是熟人。在卻之不恭的情形下，她破例的答應下來。

黃以潔的新居在東區，距離靜芝所住的水源路很遠，要轉一次公共汽車才到。到了黃以潔的家，已比預定的時間晚了半小時，一屋子裡已坐滿了客人。其中有一半是她認識的，那是公司裡的同事；另外一半不認識的，那當然是黃以潔的丈夫趙先生的朋友。由於不認識，她也沒留意去看那些人的臉。

以潔從廚房裡趕出來，為靜芝介紹那些不認識的客人。什麼先生、什麼太太，一張張笑臉在她面前晃過去，靜芝根本不記在心內，只是機械地點頭、微笑、握手。突然，一張她熟悉得不能再熟悉的臉出現在眼前；在她還沒有時間去思索這是怎麼一回事時，以潔已笑盈盈地開了口：「這位是董靜芝小姐，我的老同事；這位是顏立德先生，保菘的同學。」

她愣在那裡發呆。顏立德卻是禮貌地向她伸出手來，微微笑著說：「董小姐，幸會！」幸會？那是禮貌上的應酬話，還是出自肺腑之言呢？我們怎麼會在這裡遇見的？靜芝繼續發愣著，只懂得像個機械人似的伸出了手。幸虧以潔忙得很，沒有注意到她的失常，只丟下一句「你們隨便談談，馬上就要開飯了」，就走開了。

靜芝仍然像個機械人似的站著。倒是顏立德很大方的招呼她說：「請坐吧！董小姐。」同時，他指了指自己身旁的椅子。帶著夢遊病患者的表情，靜芝不由自主的就坐了下去。

「董小姐，您是不是每天都在橋頭那個車站等車？假如我沒有認錯人，那麼，我們已經見過很多次面了，是不是？」顏立德很大方，也很自然地先開了口。

「嗯！」靜芝的喉嚨像哽住了什麼東西似的，只能點了一下頭。

「董小姐住在哪裡？」

「水源路。」靜芝嚥了一口口水，定了定神，鼓起勇氣反問：「顏先生呢？」

「我住在廈門街，我們可以說得上是鄰居了。」顏立德微微一笑，他那微帶江浙口音的國語，使靜芝聽來十分親切。

談話中斷了。糟糕！說什麼好呢？我總不能像調查戶口似地一樁樁的盤問他的身分吧！何況，我要知道他的情形，大可以向以潔調查，何必在這裡問他？

幸虧，他又把中斷了的談話銜接了起來。「董小姐跟趙太太同事很久了？」

「是呀！十幾年了。」她應了一聲，又不知道說什麼好。幸虧以潔及時來請大家入席，才得以避免冷場。

靜芝想走過去跟其他的女同事坐在一起，但是，以潔卻拉著她，要她代表她招呼顏立德。她忸怩地、尷尬地坐在那個她夜夜魂牽夢縈的陌生人（如今不再是陌生人了）身旁，一直到宴會完畢，都是迷迷糊糊的，不知道自己吃了些什麼東西，說了些什麼話。雖然是在嚴冬，她卻感到悶熱難當，汗濕衣衫。

飯後，她隨便的參觀了一下以潔的新居，就藉故想離去。她固然想跟顏立德多接近，然而，內心澎湃的情緒，又使她在他面前覺得不安。大家正玩得熱鬧，以潔哪裡肯依她，死命的拉著她不放；一直鬧到十一點，才一起向主人告辭。趙保菘出去叫來了幾輛計程車，把客人分別送回家。靜芝和顏立德住在同一個地段，很自然地，便被分配到同一部車子裡。

「立德，你負責替我送董小姐回去。」以潔向顏立德開著玩笑說。

「大嫂，遵命。」顏立德也風趣地回答，但是，他沒有笑。相處了幾個鐘頭，靜芝發現顏立德從不大笑，那張經常帶著禮貌的微笑的臉上似乎籠罩著淡淡的憂鬱。為什麼呢？是他的紳士風度使得他這樣嚴肅的嗎？

兩個人在車上，情景也夠尷尬的。靜芝就是想不出話來說；而顏立德是男士，不便多開口，可也不能太冷落了身旁的女伴。於是，他只好以以潔夫婦為中心提出話題，兩人有一搭沒一搭地誇讚著這對夫婦以及他們的孩子。

快到水源路的時候，顏立德問明了靜芝的門牌號碼，然後轉告司機。等到車子停下來的時候，他禮貌地走下車子，讓靜芝下去。他抬頭望了望靜芝所住的公寓，很得體地說了一句：「再見！董小姐。以後我有空我再來拜候您。」

「不敢當！顏先生，再見！」靜芝回答著，一面走進屋子裡。

在這幢公寓裡，靜芝向一對年老的夫婦分租了個房間。這裡也可以說是她的新居，因為她才搬來不久；而搬來沒有幾天，她就在車站上發現了顏立德這個人。

工作了這麼多年，靜芝已有了不少積蓄；所以，她的房間裡佈置得很舒適，一切現代的設備，像：電視機、電唱機、電冰箱等等都有了。但是，舒適又怎樣？物質上的滿足，又怎能填補她空虛寂寞的心靈？

從以潔的家中回來，她渡過了一個無眠之夜。車站上每天遇到的陌生人竟然是以潔認識的，這個事實，使得她又喜又驚？喜的是終於認識他了，驚的是以後天天見面多尷尬呢！還有，他年齡這樣大，應該是已經結過婚的。以潔為什麼好像有意給她拉攏呢？在床上輾轉反側了一整夜，她感覺煩惱到了極點。

第二天早上，她帶著憔悴的面容起床。到底不再年輕了，一夜未睡，眼角的魚尾紋似乎又加深了一些。她特意晚一點去上班，今大她不想碰到顏立德。

中午，她公司裡的同事都不回家吃飯。以潔邀她一起到附近的館子裡去吃麵，她答應了。

「靜芝，你看顏立德這個人怎麼樣？」才坐下來，以潔就開門見山地這樣問。

「以潔，你這個人怎麼搞的？他是你們的朋友，怎麼反而問起我來了？」不知怎的，靜芝被她這一問，臉就紅起來了。

「你看，臉都紅起來了。這麼大一個人，還害羞哪！」仗著是十多年老同事的關係，以潔向靜芝打趣著。

「你怎麼啦？以潔，為什麼儘開我玩笑？」靜芝略略有點生氣的說。

「好，好，我跟你說正經的。昨天晚上，保菘和我都覺得你跟顏立德挺合適的，尤其湊巧的是，你們住得近，而且早已見過面。我告訴你，他跟他的妻子離婚三年了，朋友們給他介紹過很多女朋友，他都不中意。據說，他不喜歡打扮過分的女子，但又不要學識太低的。你說，這不太難了嗎？」以潔望了靜芝一眼，又接著說：「在昨晚以前，我並沒有想到你；因為，你過去太挑剔了，我簡直不知什麼樣的人才合適你。直到昨天晚上，看見你和他在一起，而他對你又好像很不錯的樣子，才恍然大悟，他所要求的條件你都具備了呀！靜芝，老老實實告訴我，你對他的印象怎麼樣？」

靜芝的心在跳，臉頰在發燒。即使在知心好友的面前把自己內心的祕密宣洩出來，也是很難為情的。「以潔，你別迫我好不好？我跟他在一起才不過幾個鐘頭，又談得上什麼印象？」她訥訥地，違心地回答。

「靜芝，你又來了。我不是問你對他的認識而是對他的印象。相處了幾個鐘頭，怎會全無印象？譬如說：他這個人很有禮貌、很有紳士的風度，你總不能否認吧？」以潔在使用旁敲側擊的戰術。

靜芝脹紅著臉點點頭，小聲的問：「他在某某會擔任的是什麼職位？」

「噢！人家的官做得可大哪！主任秘書！上海聖約翰大學的畢業生。這總不會辱沒了你吧？

「死相！這關我什麼事？我不過順便問問罷了！」

「靜芝，什麼時候再由我出面來約顏立德，我們四個人一道玩玩好不好？」她們所叫的麵送來了，以潔一面用筷子挑起麵條吹散熱氣，一面說。

「不！不！以潔，我求求你，千萬不要這樣做。我的脾氣你是知道的，我絕對不要做勉強的事；假使他真的對我有好感，他會自動來找我的。」靜芝著急地抓住了以潔放在桌上的左手。「我求求你，以潔；就是因為我年紀人了，我必須保持我女性的尊嚴。請你也告訴你們趙先生，千萬不要為我採取任何行動，我寧可聽天由命。你們兩位的好意我心領就是。」

「唉！靜芝，你這個頑固的人啊！我真是拿你一點辦法也沒有。」以潔望著她的好友，嘆息著搖搖頭。「但願顏立德不會笨得錯過了這次的好機會。」

啊！「但願顏立德不會笨得錯過了這次好機會」，靜芝又何嘗不這樣想？他會嗎？他會看得上我這個面目平凡的老處女嗎？他為什麼要跟原來的妻子離婚？他沒有子女？一連串的問題，日夜絞纏著靜芝的心。她急於知道答案，又羞於向以潔啟齒。

自從跟顏立德認識了以後，一連五天，靜芝都是提前或延後出去等車，以避免碰到他。連她自己都覺得奇怪：年紀這麼大了，為什麼還像小姑娘一般的害羞呢？

那個週末，靜芝在辦公廳接到了一個電話：出乎意料的，電話那頭傳過來的竟是顏立德那微微帶著江浙口音的聲音。「董小姐，我是顏立德。您這幾天都好吧？因為好幾天都沒看到您出來等車，我不知道您是不是生病了？」

啊！他是在關心著我的。靜芝握著話筒的手心在冒著汗，她連忙換過一隻手，一面拿出手帕來把汗拭乾了。「啊！我沒有事，只是——」她的聲音顫抖而沙啞。「大約最近起床遲了一點，所以，出門也跟著晚了。」

「董小姐，您今天晚上沒有空？」

「我……我沒有事。」她的心狂跳著。

「我想請董小姐吃晚飯，可以賞光嗎？」

「我……我……」她的一顆心簡直跳到了喉嚨口。

「我想請董小姐到藍天去吃西餐，那邊的氣氛還不錯。假如您沒有事，就賞光一次怎麼樣？我晚上七點鐘到府上接您。」

「那……那太不好意思了！」費了好大的勁，她才想出了這句話。

「請不要客氣。晚上見！」

她軟弱無力地放下了話筒，走回自己的座位。坐在她旁邊的以潔，耳朵好不厲害，立刻就悄悄地問：「是不是顏立德的電話？」

「嗯！他約我出去吃晚飯。」靜芝點點頭，據實以告。然後，她忽地又提高警覺的問：

「喂！你們兩夫婦在後面沒有做什麼手腳吧？」

「死相！你為什麼這樣不信任別人的？告訴你吧！根本用不著我和保菘瞎操心，人家顏立德就自動向我們打聽你的一切了，我們只不過略為吹噓就是。現在，人家果然來約你了，將來成功，可不要忘記謝大媒啊！」以潔笑著說。

「死鬼！說話小心一點，讓別人聽見了多難為情！」靜芝輕輕啐了一口，又輕輕捶了以潔一下。此刻的她，心園中忽然滿滿地綻放了春天的花朵，她快樂得直想高聲歌唱。

下午，她去做了頭髮，回來又忙著準備晚上穿的衣服。起初，她想打扮得年輕一點；後來想到以潔說過他不喜歡打扮過度的女人，又不免躊躇起來。其實，她所有的服飾都是最舊式最保守的，任她如何打扮，也絕不會過分；她的顧慮，只是多餘的罷了！

打開衣櫥，對著自己僅有的幾套出客衣服考慮了半天；終於，她穿上了那套淺灰色的薄呢小外套和旗袍，還穿上了那雙唯一的黑漆皮半高跟鞋子。髮型，她做的是最簡單最普通也最大方的自然式樣。此刻，她敷上了極薄極薄的面粉，抹上了淡淡淺色口紅。對鏡一照，自覺並無不妥；於是，就按捺著一顆忐忑不安的心，拿起一本雜誌，坐下來等候顏立德的光臨。

客廳裡的一具座鐘才敲過七點，大門外隨即就響起了鈴聲。她的心撲通撲通地在跳，會是他嗎？會這樣準時？

「董小姐，有人找你。」房東僱用的小下女阿英探進頭來對她說。

「啊！阿英，謝謝你！」她斗的站起身來，因為過度緊張而聲音發抖。

略略使自己鎮靜了一下，她隨即走到客廳去。

「董小姐，我不會來得太早吧？」顏立德一看見她，馬上從椅子上站起來。

「哪裡，您真守時！」她極力鎮靜自己，微笑著回答。

「假如您準備好了，我們就走，好嗎？」他也微笑地望著她，眼中的神色，對她的打扮似有期許之意，這使她又高興又困窘。

「好的，我們走吧！」她走進房間裡，拿起大衣和皮包，就跟他一起走下樓去。門外，停著一部計程車；他招呼她先坐進去，然後自己才進去，兩人之間正好保持著一段適當的距離。

平日很少有交際機會的她，一踏進藍天酒店那豪華的場所，就開始感到不安。在家裡，她認為自己已經修飾得很整潔了；可是，在這高貴的環境裡，跟那些衣香鬢影的淑女紳士們一比，她就自慚形穢起來。可不是，在那面大鏡子的反映中，她的臉色是多麼蒼白！她那件黑大衣又顯得多麼寒傖，多麼陳舊！

顏立德禮貌地把她引到預定的座位前，又禮貌地替她脫了大衣。兩人相對坐下以後，穿著制服的侍者送上菜牌。

「董小姐，您喜歡吃什麼？」顏立德把菜單遞給靜芝。

「隨便好了！」一年之中難得吃一兩次西餐的她，窘得不知如何是好，她連接都不敢接過那本印刷精美的菜牌，就囁嚅著回答。

她想：自己這種小家子未見過世面的態度，一定會給予顏立德以不良印象；誰曉得，在顏立德的內心裡，又是另外一種想法。

面前這個羞澀而拘謹的女人，與從前那個嬌縱成性的富家小姐，是如何不同呀！不知怎的，顏立德立刻就聯想到他那離了婚的妻子玫瑰。不論婚前或婚後，他們之間所做的每一件事，全都是由玫瑰獨斷獨行；他這個做丈夫的，一切都得聽命於她。假使，她有一天會柔順地對他說出「隨你好了」這句話，他恐怕真會受寵若驚了。

「噢！董小姐，您太客氣了！」此刻，他沒有勉強她，只是微笑著把菜牌收回，一面向侍者吩咐了幾道比較清淡而可口的菜。他知道女士們都不喜歡太濃的口味。

為了要使氣氛輕鬆一點，顏立德只好負起了領頭說話的責任。他談天氣、談電影、談以潔夫婦、談他自已和保菘同學時的趣事；但是，他就是沒有勇氣談到自己和自己的家。

菜送來了，兩個人文雅而緩慢地使用著刀叉。顏立德問：「董小姐平日在公餘都做些什麼消遣呢？」

「我？大部分時間躲在家裡看小說，簡直可以說沒有任何消遣。」由於聽顏立德講了那麼許多的話，現在靜芝說話也自然了一點。

「那麼，我們可以說是同志了。」顏立德的眼裡露出了快樂光芒，喜不自勝地說。

「真的？您也喜歡看小說？您看的是哪一類的？」靜芝睜大了眼睛，也有著遇到知己的喜悅。

「說出來您不要見笑，我看的並不是什麼高深的文學名著。我喜歡看的只是那些偵探哪、傳奇哪之類的Pocket Book！」

「反正是消遣嘛！看什麼書還不是一樣？」靜芝回答著。她心裡又是感到一陣自卑：英文小說，我還看不懂哪！

「那麼，您看的是什麼小說？」顏立德問。

「說來慚愧，我看的是那些被人譏為磚頭的暢銷小說，有時也看看翻譯的世界名著。」她不敢把「愛情小說」這四個字說出來。

「無論如何，您還是比我高級一點嘛！」他笑著說。

「哪裡哪裡。」她又笑了。

談話漸漸輕鬆起來，兩人之間的氣氛也漸趨活潑。菜餚的美味可口、音樂的悠揚悅耳、環境的幽雅高尚，使得她和他都感到這是一次開心的聚會，一個可愛的夜晚。

一頓飯吃完，他們還是很少談到自己；不過，他們彼此已不再陌生了。

他禮貌地把她送回家裡，她向他道了謝。他沒有跟她訂後會，她微微有點失望。

下一個星期五，她又接到他的電話，他約她星期六晚上到他家裡去吃飯。

「啊！這怎麼好意思？這次應該我請你了。」她又驚又喜地叫了起來。

「不，您不要客氣。這次我還請了保松夫婦的。」

「啊！有什麼事嗎？」

「沒有事，就是想大家在一起玩玩嘛！六點鐘我來接你好不好？」他不再用「您」來稱呼她了。

「謝謝，不用接了，下了班我就跟以潔一道來。」因為有以潔他們作陪，她感到輕鬆不少。固然，她也願意能夠再有機會跟他單獨相處；可是，那會使她的精神負擔如何沉重呀！

放下電話，靜芝立刻轉身去問以潔，以潔卻正在笑嘻嘻的望著她哩！

「顏立德要請你去會見他的女兒了，是不是？」她還沒有開口，以潔就搶先的說。

「什麼？他有女兒？」靜芝感到很意外。

「那有什麼稀奇？結過婚的人難道不能有兒女？」

「你為什麼從來沒提過？」

「你沒有問嘛！」看見了靜芝過分凝重的臉色，以潔收斂了自己的笑容說：「靜芝，你放心好了，他只有一個女兒，而且是一個相當大的女兒，不會妨礙你的。」

聽出了以潔話裡的含意，靜芝微微臉紅了一下，也立刻掩蓋了內心的不安而改口問：「他的女兒有多大了？明天是不是她的生日？我應該帶點什麼禮物去呢？」

「好像十四五了吧？顏立德說過明天不是任何人的生日，不過，我想你最好帶點小禮物去。」

「以潔，你說我帶什麼東西好呢？」靜芝在向以潔求援。

「這個年齡的孩子太容易送禮了，吃的、玩的、穿的、讀的都可以嘛！」

「以潔，那是怎樣的一個孩子？告訴我好嗎？」

「這我可不大清楚，我還沒看見過。靜芝，你別瞎操這份心吧！隨便送一點，表示表示意思就行啦！」以潔在為她朋友的過分緊張而暗笑。

然而，靜芝還是免不了要操心；她不想隨便的送，以免給予顏立德以不良印象。她想：從顏立德這個人看來，他的女兒應該是個乖孩子。送禮物給乖孩子，是不是應該選擇比較有意義一點的呢？

想了又想，她終於決定送她一套鋼筆和原子筆。她買了一套名牌的，裝潢得很美觀的，放在皮包裡。她自己也加意修飾了一下，下班後就跟以潔一同到顏立德家裡去，以潔的丈夫則直接從他自己的辦公廳去。

顏家是一幢獨立的精緻小洋房。傭人為她們打開大門後，她們就看見顏立德含笑站在屋前的台階上等候著。

「歡迎！歡迎！兩位請裡面坐。」顏立德迎了出來，伸手和她們相握。

屋裡佈置得很藝術化，也收拾得很整潔，看來並不像是一個沒有主婦的家庭。想到顏立德這幾年父女兩人相依為命的生活，靜芝就感到無限同情。

她們兩人才坐下不久，趙保菘就來了。四個人寒暄了一會兒，顏立德就請他們進入餐間，一面又吩咐傭人：「去請小姐下來吃飯，你跟她說，客人都到齊了。」

四個人在飯桌前坐了差不多五分鐘，樓梯上咚咚咚一陣響，然後旋風似的旋進來一個小妞兒。上身穿著一件火紅的套頭毛衣，下身一條只蓋到大腿的雪白呢絨迷你裙。個子相當高，體態玲瓏，已發育得跟成年的女性一樣；但是，卻有著一張稚氣的娃娃臉，這使得她的臉跟身體看來很不相配。三個陌生的客人在場，她一點也不害羞和畏縮；一走進來，一雙圓圓的大眼睛就滴溜溜地往三個客人身上轉，尤其是特別注意以潔和靜芝。

「這就是我的女兒小玫。」顏立德用充滿愛意的眼光望著他的女兒，為客人介紹著。然後，他又對小玫說：「小玫，這位是董阿姨，這位是趙伯伯，這位是趙伯母，他們都是爸爸的好朋友。哪！你就坐在董阿姨的旁邊吧！」

小玫沒有說話，微微的向大家點點頭，就在她爸爸指定的位子上坐下。不知道是不是顏立德的安排太過著跡，而且靜芝又是唯一的單身女客，那敏感的孩子似乎就已察覺出什麼；她那雙不馴服的眼光不時從側面射到靜芝的臉上，這使得靜芝立刻就感到杌隉不安。

菜上來，四個大人開始彼此敬酒，小玫卻肆無忌憚地獨自大嚼。顏立德倒了一杯可口可樂給她。對她說：「小玫，你來敬敬三位客人。」

小玫理也不理，好像沒有聽見一樣，這使得顏立德難堪得整張臉都變了青色。趙保菘連忙為他解圍：「來，立德，咱們老同學，乾一杯！」以潔也舉杯對靜芝說：「來，咱們老同事，也乾了吧！」說著，又乾笑幾聲，這才把凝結的空氣融化了。

小玫很快就吃完了，她用餐巾在嘴巴上印了一下，站了起來，就對她爸爸說：「爸爸，我要跟同學出去玩。」

「你不陪陪客人？」顏立德小心的問。

「不，我跟同學約好了！」小玫把她的短髮一甩，也不向客人告別，就逕自離開了餐廳。一會兒，四個人都聽見她在起居室掛電話找她的同學。電話接通以後，她就嘰嘰咕咕地說個不停，還不時的大笑；跟剛才冷漠驕傲的樣子，完全不同。

看著瞞不過他的客人，顏立德只好嘆了一口氣：「真對不起各位，我這個女兒因為沒有母親管教，被我寵壞了，請你們原諒她的無禮。」

「哪裡話，小孩子嘛！她怎麼懂？」以潔在跟他說著客氣話。

「這孩子，從小就任性。現在長大了，我以為她會變得聽話一點，誰曉得居然還鬧出這樣的笑話？我早知道，約你們到外面吃館子算了。」顏立德又嘆了一口氣，兩道濃密的眉毛緊緊地交纏在一起。

「啊！立德，我們還給小玫帶了禮物哩！她還沒有走，你去告訴她好嗎？」以潔忽然想起了自己皮包中的一盒巧克方糖。

以潔和靜芝分別從皮包中把禮物拿出來，放在桌子上。靜芝更是憂心忡忡的害怕小玫會不喜歡自己的禮物。

小玫繼續在電話中談了差不多十分鐘，才滿臉不情願地跟著她的父親走進來。

「小玫，你看，董阿姨和趙伯母都給你帶禮物來了，你還不快點謝謝她們？」顏立德討好地說。

「小玫，你喜歡吃巧克力糖嗎？」以潔站起來，把手中的一盒糖交給小玫。

「小玫，這是我給你的一點小意思，兩枝筆。」靜芝也畏畏縮縮地獻出了她精心挑選的兩枝筆。

「謝謝！」小玫接過兩份禮物，冷冷地說了一聲，又冷冷地用目光掃射了這兩個毫不漂亮、毫不時髦的中年婦人一下，最後，還把冷冷的日光停留在靜芝的臉上好一會兒；同時，嘴角還掛上了一絲輕蔑的微笑。

靜芝被看得打了一個寒噤，她開始明白：今日的宴會、那次「藍天」的晚餐以及橋頭上無數次的相遇，都是多餘的了。

由於小玫一再的沒有禮貌的舉動，主客兩方都感到尷尬萬分。匆匆的散了席，以潔夫婦就藉口家中的小孩沒有人照顧，向主人告辭。靜芝要求跟他們一道走。顏立德卻說：「董小姐，他們住得遠，讓他們先走；你這樣近，多坐一會兒不好嗎？我送你回去。」以潔也順水推舟的說：「是呀！你急什麼？家裡又沒有小孩子在等著。」送以潔夫婦上了計程車，顏立德對靜芝說：「我們進去喝一杯咖啡，喝完了我就送你回家，不再耽誤你，好嗎？」

過於推拒，未免有失風度；何況，她實在也沒有什麼要事急於回去。於是，她就留了下來。招待她在客廳坐下，顏立德上樓去想叫小玫下來作陪，小玫卻已經出去了。懷著滿腔的懊惱與不快，顏立德下樓時的臉色是沮喪的。他搖搖頭，毫無隱瞞地對他的新朋友說：「作為一個父親，我是澈底失敗了！」

「也許因為她還小吧？過兩年會懂事一點的。」望著顏立德一臉痛苦的表情，靜芝也心疼得不知如何是好，只好不著邊際地這樣安慰他。

「還小？都十五歲了！唉！簡直是她的母親的翻版！」顏立德的兩道濃眉又交纏在一起，雙手一攤，露出了一臉的無可奈何。

啊！他終於向我提到他的妻子了，但是，交淺不便言深，叫我如何置喙呢？聽見顏立德這樣坦白地向她吐露衷曲，靜芝又感激又緊張的，一時竟訥訥不能作答。

「她的母親驕傲、自大、囂張而任性，我忍受了十多年，也痛苦了十多年；想不到，現在又輪到她的女兒來折磨我，難道這是天意？」傭人送上兩杯香濃的咖啡，顏立德替靜芝加上了糖和牛奶，他自己喝的卻是苦澀的黑咖啡；才啜了一口，便又繼續吐露他的心曲。

「顏先生，孩子還小嘛！我想她慢慢會變得懂事的。」一直不開口又好像漠不關心，靜芝只好仍然用這句話來安慰他。

「我也希望這樣。說起來，這孩子也怪可憐的，正是需要母親的年齡，她的母親卻棄她而去。我這個做父親的怎懂得女孩子的心理呢？」顏立德饒有深意地望了靜芝一眼，羞得靜芝直低著頭。

兩人默默地把咖啡喝完，空氣的沉悶使得靜芝幾乎窒息。她雖然喜歡跟顏立德在一起，但是，她又怕小玫對她含有敵意的眼光，那會使她如坐針氈。

她站起來告辭，顏立德也覺得沒有理由把一位新朋友久留，就答應送她回去。

到了公寓的門口，靜芝立定腳步，向顏立德致謝。顏立德的面容在路燈的微光下顯得非常黯淡，他露出了一個憂傷的微笑問道：「董小姐，我以後可以再來找你嗎？」

「再說吧！」靜芝回答說。此刻，她的心中已經有所決定了。

為什麼？為什麼？世事為什麼總是不能盡如人意？好不容易遇到了這個合乎理想的男人，為什麼他卻偏偏有個這樣的女兒？就算顏立德是世界上十全十美的男人，但誰有勇氣跟那個太妹型的女孩共同生活呢？看她的態度，毫無疑問是反對父親續娶的；誰做了她的後母，誰一定就倒霉。我既不是以愛情為第二生命的年輕少女？又不是窮得必須抓住一個男人供應我長期飯票，又何必自尋煩惱？自討苦吃？中年人有的就是提得起放得下的精神，顏立德雖然可愛，還是趁早揮慧劍斬斷情絲吧！獨身生活已過了這麼多年，難道下半輩子的寂寞我就忍受不了？他原來就是個陌生人，就讓我們像天上兩片偶然相遇的浮雲，又再度分開吧！一夜裡，靜芝在床上輾轉反側，不能成眠；流著淚，毅然地決定了結這段還沒成熟的羅曼史。

帶著一雙浮腫的眼皮和憔悴的面容到了辦公廳。以潔立刻投過來關心的目光，輕輕的問：「靜芝，你的臉色好難看，怎麼啦？昨天晚上你們談到了幾點？」

強忍著快要奪眶而出的眼淚，靜芝搖搖頭說：「沒什麼，我只喝了一杯咖啡就回家了。」

「你們談了些什麼？」以潔不放心地追問。

「真的沒有談到什麼。以潔，我希望你以後不要再向我提到顏立德，我決定不再跟他來往了，我受不了他女兒的態度。」靜芝打開她的公事，準備結束談話。

「小玫只是個小孩子嘛！也許你可以感化她哩！」以潔卻希望做和事佬。

「算了，我沒有那麼大的本事！」靜芝低下了頭，翻開帳簿，的的答答地開始打著算盤，不再理會以潔。

以潔不死心，中午又約靜芝出去吃飯，再度向她游說；但是，靜芝的意志很堅決，竟然完全不為所動。

以潔心裡很氣，很想罵她的老朋友一句：「看你這種人，活該當一輩子老處女！」然而，她並沒有說出口來。望著靜芝憔悴的容顏以及憂傷的表情，她只感到無限憐憫。於是，她改口說：「頑固的人啊！我但願你有一天能夠回心意轉。」

為了怕遇到顏立德，董靜芝又準備搬家了。在還沒有搬家以前，她每天不是提前就是延後去上班，所以，兩個人始終沒有碰到過。到了搬家前夕，靜芝按捺不住，在顏立德等車的時間偷偷站在遠處偷看。顏立德那美好的側影，挺拔的豐姿依然如昨；只是，他的面容怎麼消瘦了！眼神似也蒙上一層憂鬱的影。他是在想念我嗎？靜芝的心在悄悄的滴血。

顏立德從以潔夫婦那裡，知道了靜芝的決心，也就不敢再向她打擾。中年人有的是理智，他們談戀愛，是不會像青年人那樣狂熱和衝動的。他很清楚，他的女兒將是他續絃的絆腳石；想在他的生命中再度獲得愛情，除非等小玫離家了。但是，那時他還能遇到像董靜芝這樣合乎他心意的女子嗎？董靜芝會等他那麼久嗎？那真是只有天曉得！

橋頭偶然的相遇，曾經把兩顆寂寞的心連結在一起；然而，這兩顆寂寞的心又因為分開而破碎了。「相見爭如不見，有情還似無情。」誰說不是？

畢璞全集・小說13　PG1270

橋頭的陌生人

作　　者　畢　璞
責任編輯　辛秉學
圖文排版　周妤靜
封面設計　楊廣榕

出版策劃　釀出版
製作發行　秀威資訊科技股份有限公司
114 台北市內湖區瑞光路76巷65號1樓
電話：+886-2-2796-3638　傳真：+886-2-2796-1377
服務信箱：service@showwe.com.tw
http://www.showwe.com.tw
郵政劃撥　19563868　戶名：秀威資訊科技股份有限公司
展售門市　國家書店【松江門市】
104 台北市中山區松江路209號1樓
電話：+886-2-2518-0207　傳真：+886-2-2518-0778
網路訂購　秀威網路書店：http://www.bodbooks.com.tw
國家網路書店：http://www.govbooks.com.tw
法律顧問　毛國樑　律師
總 經 銷　聯合發行股份有限公司
231新北市新店區寶橋路235巷6弄6號4F
電話：+886-2-2917-8022　傳真：+886-2-2915-6275

出版日期　2015年6月　BOD一版
定　　價　270元

Printed in Taiwan

國家圖書館出版品預行編目

橋頭的陌生人 / 畢璞著. -- 一版. -- 臺北市 : 釀出版, 2015.06

面； 公分

BOD版

ISBN 978-986-5696-92-4 (平裝)

857.63 104003442

讀者回函卡

感謝您購買本書，為提升服務品質，請填妥以下資料，將讀者回函卡直接寄回或傳真本公司，收到您的寶貴意見後，我們會收藏記錄及檢討，謝謝！
如您需要了解本公司最新出版書目、購書優惠或企劃活動，歡迎您上網查詢或下載相關資料：http:// www.showwe.com.tw

您購買的書名：________________

出生日期：________年________月________日

學歷：□高中（含）以下　□大專　□研究所（含）以上

職業：□製造業　□金融業　□資訊業　□軍警　□傳播業　□自由業
　　　□服務業　□公務員　□教職　□學生　□家管　□其它

購書地點：□網路書店　□實體書店　□書展　□郵購　□贈閱　□其他

您從何得知本書的消息？

□網路書店　□實體書店　□網路搜尋　□電子報　□書訊　□雜誌
□傳播媒體　□親友推薦　□網站推薦　□部落格　□其他________

您對本書的評價：（請填代號　1.非常滿意　2.滿意　3.尚可　4.再改進）

封面設計____　版面編排____　內容____　文／譯筆____　價格____

讀完書後您覺得：

□很有收穫　□有收穫　□收穫不多　□沒收穫

對我們的建議：________________

____

____

____

請貼
郵票

11466
台北市內湖區瑞光路 76 巷 65 號 1 樓
秀威資訊科技股份有限公司 收
BOD 數位出版事業部

....

（請沿線對折寄回，謝謝！）

姓　名：________________　年齡：________　性別：□女　□男

郵遞區號：□□□□□

地　址：____

聯絡電話：(日) __________________ (夜) __________________

E-mail：____